KB093364

송욱
시 전집

송욱
시 전집

정영진 엮음

송욱 시인.

학생 시절.

결혼식 사진.

결혼식에서 가족과 함께.

생전에 산을 좋아했던 송욱 시인.

서울시문화상 수상식에서(1964년).

박사 졸업식에서 가족과 함께.

학교에서 졸업생들과 함께(첫째줄 오른쪽에서 첫번째).

연구실에서.

〈한국문학의 재발견-작고문인선집〉을 펴내며

한국현대문학은 지난 백여 년 동안 상당한 문학적 축적을 이루었다. 한국의 근대사는 새로운 문학의 씨가 싹을 틔워 성장하고 좋은 결실을 맺기에는 너무나 가혹한 난세였지만, 한국현대문학은 많은 꽃을 피웠고 괄목할 만한 결실을 축적했다. 뿐만 아니라 스스로의 힘으로 시대정신과 문화의 중심에 서서 한편으로 시대의 어둠에 항거했고 또 한편으로는 시대의 아픔을 위무해왔다.

이제 한국현대문학사는 한눈으로 대중할 수 없는 당당하고 커다란 흐름이 되었다. 백여 년의 세월은 그것을 뒤돌아보는 것조차 점점 어렵게 만들며, 엄청난 양적인 팽창은 보존과 기억의 영역 밖으로 넘쳐나고 있다. 그리하여 문학사의 주류를 형성하는 일부 시인·작가들의 작품을 제외한 나머지 많은 문학적 유산은 자칫 일실의 위험에 처해 있는 것처럼 보인다.

물론 문학사적 선택의 폭은 세월이 흐르면서 점점 좁아질 수밖에 없고, 보편적 의의를 지니지 못한 작품들은 망각의 뒤편으로 사라지는 것이 순리다. 그러나 아주 없어져서는 안 된다. 그것들은 그것들 나름대로 소중한 문학적 유물이다. 그것들은 미래의 새로운 문학의 씨앗을 품고 있을 수도 있고, 새로운 창조의 촉매 기능을 숨기고 있을 수도 있다. 단지 유의미한 과거라는 차원에서 그것들은 잘 정리되고 보존되어야 한다. 월북 작가들의 작품도 마찬가지다. 기존 문학사에서 상대적으로 소외된 작가들을 주목하다 보니 자연히 월북 작가들이 다수 포함되었다. 그러나 월북 작가들의 월북 후 작품들은 그것을 산출한 특수한 시대적 상황의 고려 위에서 분별 있게 이해되어야 할 것이다.

이러한 당위적 인식이 2006년 한국문화예술위원회의 문학소위원회에서 정식으로 논의되었다. 그 결과 한국의 문화예술의 바탕을 공고히 하기 위한 공적 작업의 일환으로, 문학사의 변두리에 방치되어 있다시피 한 한국문학의 유산들을 체계적으로 정리, 보존하기로 결정되었다. 그리고 작업의 과정에서 새로운 의미나 새로운 자료가 재발견될 가능성도 예측되었다. 그러나 방대한 문학적 유산을 정리하고 보존하는 것은 시간과 경비와 품이 많이 드는 어려운 일이다. 최초로 이 선집을 구상하고 기획하고 실천에 옮겼던 한국문화예술위원회의 위원들과 담당자들, 그리고 문학적 안목과 학문적 성실성을 갖고 참여해준 연구자들, 또 문학출판의 권위와 경륜을 바탕으로 출판을 맡아준 현대문학사가 있었기에 이 어려운 일이 가능하게 되었다. 이런 사업을 해낼 수 있을 만큼 우리의 문화적 역량이 성장했다는 뿌듯함도 느낀다.

〈한국문학의 재발견-작고문인선집〉은 한국현대문학의 내일을 위해서 한국현대문학의 어제를 잘 보관해둘 수 있는 공간으로서 마련된 것이다. 문인이나 문학연구자들뿐만 아니라 더 많은 사람들이 이 공간에서 시대를 달리하며 새로운 의미와 가치를 발견하기를 기대해본다.

2013년 3월

출판위원 김인환, 이승원, 강진호, 김동식

| 책머리에 |

송욱은 현대 인간의 문제를 끈질기게 사유하며 고유한 시학을 완성하고자 노력한 시인이다. 그는 인간의 사상과 감정, 시대와 역사, 그리고 전통을 모두 아우를 수 있는 시를 꿈꾸었다. 그의 시는 비평적인 성격이 강하다. 송욱은 중학시절부터 많은 철학서를 탐독했다고 한다. 실제로 송욱의 시론을 보면 다양한 문학이론과 사상에 대한 견해를 접할 수 있다. 송욱은 후기에 들어서면서 동양사상과 서양사상을 비교, 종합하여 현대의 한계를 극복하고자 했다.

현대 인간에 대한 시적 사유로 한국시의 현대성을 갱신하고자 했던 송욱은 몸과 말의 관계, 말과 세계의 관계를 탐구하고, 이를 시로 형상화하는 데 전력을 다했다. 정신과 육체의 관계에 대한 성찰은 지속적으로 이루어지는데, 후기에 들어설수록 동양사상 그중에서도 장자와 율곡의 사상에 공감하며 시적 사유의 지평을 확장해갔다. 이 과정에서 말, 곧 시는 정신과 육체가 분리되지 않는 장소가 된다.

송욱의 시가 비평적 성격을 지니면서도 사변적인 시로 떨어지지 않는 것은 그가 말의 소리, 말의 울림 속에서 자신의 시적 사유를 진척시키고 있기 때문이다. 송욱은 사유에 시라는 옷을 입히거나 시에 사유를 얹는 방식이 아니라, 시의 운율과 더불어 사유가 전개되는 시를 썼다. 말의 소리가 빚어내는 속도와 음영 속에서 사유가 육화되는 장면을 우리는 그의 시를 통해 체험할 수 있게 된다. 한국어를 "나의 또 하나 다른 육체"라고 했던 시인 송욱, 그는 이렇게 말했다. "말을 숫돌에 간다! 숫된 아기씨 마음돌에 간다!" 그의 시적 생애는 시를 통해 정신과 육체를 하나의 생명 속에 통합하고자 했던 모험이라고 요약할 수 있을 것이다.

송욱은 동시대 젊은 시인들과 시인 지망생들에게 큰 자극이 되었다. 그의 모험은 시단에서 상당히 이채로운 것이었기 때문이다. 시언어에 대한 그의 민감성이 시인의 개성이나 주관성에서 분리되어 시대와 역사와 조응되고 있었다는 점에서 그렇다. 그럼으로써 그는 자신만의 시적 스타일을 완성했다. 그는 순수시와 사회시를 구분하는 것에 동의하지 않았다. 그에게 시는 그 자체로 완전한 것이었다. 모더니즘과 리얼리즘, 그리고 전통시 등의 구획은 그의 시적 관념에서 보면 무의미한 것이었다. 그는 시 장르의 미적 자율성에 누구보다 예민했지만 시를 시대와 역사, 문명과 사상 속에서 이해하고 시세계를 전진시켜 나갔던 시인이었다.

송욱에 대한 연구는 아직 충분히 이루어지지 않았다. 「하여지향」 연작시를 중심으로 현실인식과 풍자정신이 집중적으로 논의되고, 이후 시집 『월정가』 이후 육체와 관능성에로의 시적 변모에 대한 규명이 이루어졌지만, 그의 시정신이 격변의 한국역사와 어떻게 만나고 있는지, 송욱 시의 미적 자율성이 보여준 정치성은 무엇이었는지 등은 여전히 숙제로 남아 있다. 이는 송욱을 동시대의 다른 시인들과 대조하는 과정에서, 그리고 당대의 문화적 담론 지형 속에서 살필 때 해결될 수 있을 것으로 생각된다.

자료들을 모으는 과정에서 송욱 시인의 장남 송정렬 선생님을 뵙게 되었다. 송욱은 영문학자의 삶보다는 시인으로서의 삶을 더 귀하게 여겼었다고 전해주셨다. 함께 사진첩을 보면서 생전 송욱 시인의 생활의 멋을 들을 수 있었다. 시인 송욱의 인간적인 품격을 느낄 수 있었던 값진 시간을 허락해주신 송정렬 선생님께 진심으로 감사드린다.

2013년 3월

정영진

＊ 일러두기

1. 이 책은 송욱 시인이 발표한 시들을 모두 모았다. 수록된 시들은 시집에 실린 것을 원본으로 했으며, 중복해서 실린 시들은 최초 시집의 시를 원본으로 하였다. 수록 순서는 『유혹』(1954), 『하여지향』(1961), 『월정가』(1971), 유고시집 『시신의 주소』(1981)로 하였다. 그 외에 1982년 7월 《월간조선》에 발표된 유고시 「말과 생각」 외 세 편을 비롯하여 위 시집에 실리지 않은 시를 찾아 실었다. 시집으로 묶기 전에 발표된 시는 확인하여 출전을 표시하였다. 참고로 『시신의 주소』 2부에는 송욱 시인의 시작 노트가 실려 있는데, 그의 시인식과 시세계를 이해하는 도움이 될 것 같아 함께 수록했다.
2. 표기법과 띄어쓰기는 현행 한글맞춤법에 따라 쓰되, 필요한 경우 주석을 달고 시적 의도로 보이는 부분은 예외로 두었다. 단, 시인의 시적 의도를 손상할 우려가 있는 부분은 가능한 한 시집의 원문대로 수록하였다.

   예: 매밋소리 → 매미소리, 한강ㅅ가 → 한강가, 곤난 → 곤란
3. 원문의 한자는 국문과 병기하되 시를 이해하는 데 문제가 없는 경우 국문으로 바꾸었다.
4. 명백한 오식은 바로잡고, 설명이 필요한 부분에 대해서는 주석을 달았다.
5. 외래어는 원문대로 표기하고 필요한 경우 주석을 달았다.
6. 본문 중의 주석은 모두 엮은이가 달았으며, 원주의 경우는 '저자주'라고 표시하였다.

차 례

Ⅰ. 시집 『유혹』

Ⅱ. 시집 『하여지향』

III. 시집『월정가』

IV. 유고 시집 『시신詩神의 주소』

V. 그밖의 시

제 1 부 시집 『유혹』

「쥬리엣트」에게

그대와 나는
밤하늘에 부딪힌
번갯불이니,
눈물이 설레는
바다를 간다.

어느 별이 당기는
망석중인데
두 볼을 고이는
줌 안에 들어,
붉은 피가 아로새긴
이름이든가.

거미줄 타는
이슬보다 가벼워라,
가락에 뜬 발이
춤에 겨운데,
하늘과 땅과
이 몸을 산적 꿰고,

횃불도 빛을 잃는
화살이기에

그대 사랑이 무덤이라면
그 속에 신방을
마련하고저.
이름, 아아 이름, 기진하면은
메아리가 목 놓아
부르게 하라.

눈망울에 어리는
서슬이 사라지고
풍긴 웃음이,
하늘을 가리는
돌담을 헐고
칼끝 창끝이
감미로운 방패막이.

갓 나린 눈보다
하얀 두 볼에
오무리면 제풀로
붉은 입술을
번뇌라도 다시 한 번
아아 또 한 번!

그대는 내 가슴에
하늘이기에
쫓기는 저승이라,

끝내 두 발이
착고를 낀다.

석류나무 붉은 열매
알알이 피 토하게
우는 꾀꼬리.
영창을 닫어라
종달이 떴다.
무덤 속에 떨어지는
나의 몸이여!

밤이여,
그 몸이 숨지거던
고이 깎아서
하늘을 휘덮는
적은 별로 적은 별로
아아 은하로!
뭇 새들이 대낮인 양
노래를 하게.

목숨이 원수에게
갚을 빚인데
황홀한 눈 기슭에
깃을 떨며 오는가.

그대와 나는
밤하늘에 부딪힌
번갯불이니,
바위에 부서지는
바다를 간다.

「햄렛트」의 노래

방울마다 목을 매고
이슬지는 한 떨기
꽃송이가,
웃음 짓는 두억신이
어머니 뱃속인가,
도깨비 사탕발림
무덤 속인가.

아버지가 부르는
여기는 낭떠러지.
풀 한 오리 나지 않는
거센 바람에
목이 잠긴 물결이여.
소리치는 송장을
헤여 왔는데
날름대는 불길이여.
끈끈이에 붙은 넋을
이 몸을 아아 받어나다오.

미친 봄이면
눈으로 얼음으로
숨결을 헤고,

쉬 스는 여름이여,
거꾸로 미역감는
벌거숭이 눈물이라,
진흙 속에 노래하는
버레가 되면,

가마귀 떼 지저귀는
이 아닌 밤에,
살별이 불을 끄는
하늘과 땅 사이가
껍질 속인가.
붉은 피가 이슬지는
머리 속인가.
꿈과 슬기와
두려움과 살붙이를
앙심을 갈라,
피 묻은 칼이 살면,

비렁뱅이 그림자에
웅숭그린 상감마마.
허깨비 아버지를
내 눈에 티를
비웃지 말고
아아 묻어나다오.
가위눌린 꽃송이여,

깨어나다오.

「멕베스」의 노래

지금과 여기,
이 몸을 다시 빚는다.

서슬과 서슬 사이
무자맥질하다가
껴안은 팔 사이를
어제 내일 모레가
종종걸음으로
『티끌로 가자.』
『티끌로 가자.』

염통이 갈비뼈를
두다리는데,

손이 함을 눈이여,
눈 감어다오.
손이여, 눈이 봄을
빼어내다오.

나려치는 칼날이
하늘과 저승을
이어 놓는가.

피 흐르는 목덜미에
연달아 기어드는
갓난이여, 너에게
하늘이 어린다면,

그림 안에 도깨비를
두려워할까.
입 밖에는 내지 못한
『아아멘』 한 마디.

선지피 한 방울이
바다를 물들이고,
아롱지는 눈물이
바람을 죽이는데,

피도 골도 다 마르고
동자 잃는 구녕으로
흘겨보아라,
가마귀 뱃속에
세운 비석碑石을!

어제 내일 모레가
종종걸음으로
큰 소리친다,
조바심한다.

「라사로」

잠을
죽음을 깨고
움트고 꽃이 피듯
눈물이 솟듯
손발이 묶인 대로
수의壽衣를 두른 대로
내 말을 물을 켜라
눈 뜨고 일어나라
티끌이 떨면,

풀어달라 풀어달라
뼈와 가죽을
넝쿨처럼 힘줄이
뻗게 하여라,
포도송이 젖가슴을
핏줄로 묶지 마라
버레가 입 맞추고,

해가 보는 해바라기,
웃음과 눈물이
떼 지어 갈라지는
길가에 서면,

뜰 안마다 모딤*마다
고개 숙인 속삭임이,
하늘을 밤을 몰아
등불이 창槍을 끌다.

* '모디다'는 '모이다'를 의미하는 것으로, 따라서 '모딤'은 '모임'으로 볼 수 있다. 혹은 '모둠'으로 볼 수 있다.

유혹誘惑

눈 감으면
모래밭이 다가선다.
깜박하지 말고
온 누리를
누리라고.

하늘에 솟는 탑을
돌로 쌓지 마라.
열흘을
네 곱절을 굶어 왔으면,
부른 배 우에
나라를 세우라고.

어린이
어진이가 가슴을 치면
하늘과 땅이
물구나무선다.
몸을 던져라,
몸을 던져라.

미치광이
무지개가 다리를 노면,

우렛소리를
구구대는 비둘기가,

번개가
구비치는 시냇물이,
모래밭
사람 사이로.

장미薔薇

장미밭이다.
붉은 꽃잎 바로 옆에
푸른 잎이 우거져
가시도 햇살 받고
서슬이 푸르렀다.

벌거숭이 그대로
춤을 추리라.
눈물에 씻기운
발을 뻗고서
붉은 해가 지도록
춤을 추리라.

장미밭이다.
핏방울 지면
꽃잎이 먹고
푸른 잎을 두르고
기진하면은
가시마다 살이 묻은
꽃이 피리라.

—《문예》, 1950. 3.

비 오는 창窓

비가 오면
하늘과 땅이
손을 잡고 울다가
입김 서린 두 가슴을
창살에 낀다.

거슴츠레
구름이 파고 가는
눈물 자욱은
어찌하여 질 새 없이
몰려드는가.

비가 오면
하늘과 땅이
손을 잡고 울다가
이슬 맺힌 두 가슴을
창살에 낀다.

—《문예》, 1950. 4.

숲

벗어라 안개를
부신 네 몸이
떨리는 잎새마다
빛을 배앝게.

희디흰 팔목이
굽어 기울어
우거진 수풀 속에
샘을 따내면

벗어라 안개를
부신 네 몸이
지나간 소나기와
노래를 하게.

장미薔薇처럼

소리 없는 눈물, 눈물 없는 설움이
뼈를 부른다.

마음이
불꽃처럼 장미꽃처럼
환하니
피어가면
바람이
달아나고,

소리 없는 눈물, 눈물 없는 설움이
뼈를 사른다.

꽃

불꽃을 가지고
밤을 준 것을
울지도 못하고
머리만 숙여,

얼마나 많은 별이
울고 갔을까
주지도 못하고
불러온 나를
불꽃을 가지고
밤을 준 것을.

—《문예》, 1953. 6.

창窓

땅끝을 보며
누가 계신 그 너머에
안이 비는가.

아침마다 떨며 온
햇살이 박힌
꽃빛이 흐르는가
안이 비는가.

새맑은 마음이매
창살이라면
깊이깊이 접어 둔
나들이옷을

떨쳐 입고
춤을 출
안이 비는가.

관음상觀音像 앞에서

『아아 꽃송이』 하는 서슬에
돌이 되어 버린
가는 웃음결.

하늘이 본받도록
굽은 선線이여.
소리 없는 햇살이
말씀이라네.

얼씬 움직이면
바람이 자고
발꿈치가 따스한 양
구름이 희네.

『아아 꽃송이』
날을 듯 어깨에서
가슴이 되네.

있을 수 있다고

있을 수 있다고
생각하기에
붉은 해가 돋으면
뵈오리라고.

있을 수 없다는
생각이 없네.
동트는 하늘에
어둡는 얼골.

사랑을 마주 보면
얼비친다네.
이지러진 모습에
짜징을 내고.

있을 수 있다고
생각하는가.
있을 수 없다는
생각이 없는
노래가 달이 되면
몸은 그림자.

승려僧侶의 춤

하늘을
땅을
소매가 쓸면,
둥둥
연꽃이
이 몸이 진다.

팔다리가
바람결,
몸체가
물결,
겯고 트는 그림자가
바다를 먹고.

업業을
두 손을 모아,
모습 잃는 불꽃을
부비며 빌면,
두 볼을 붉힐
열熱이 있는가.

바로 뒤로

앉고 선들,
앞뒤가 다 붙은
이 몸이 추는 춤을
두루 도는 마음을
디딘 두 발이,

하늘로
땅으로
소매로 칠까,
소리 없는
북을 가슴을,
둥둥
연꽃이
이 몸이 진다.

여정女精

『몰라요』
목청에서 굴러 나와
구름 밖에
보조개에 머물다가
『싫어요 싫어요』
손끝에서 흔들리면
꽃 피는 부채 안에
두 가슴이 젖빛으로
안간힘 쓰고
물결 지는 치마를
장딴지를 나려가면
꿈밖에 벌거숭이,
여미는 깃 사이를
목덜미를 올라가면
머리카락 올올이
은장도 금장도가
길을 잃는데,
『아녜요 아녜요』
쟁반을 해가 돌고
찻종에 별이 지면
기진하는 등으로
무릎으로 몰려간들,

눈초리가

한숨이 마주쳐

향香을 피는 아지랑인데

『늦었어요』

그 속에서

그 속에서 원자핵原子核이
갈라질 때에
그 속에서 원형질이
이어지는데,
나라든가 우리든가
사람과 사람 사이
그림자든가.

수심 낀 눈망울에
들어가서는,
오오 앙상한 갈비뼈만
드러난 빌딩이
핏줄에 흘리는
어둠이라면,

타다 남은 입술이
분 냄새를 웃기는데,

허리가 굽어도
이지러진 동그래밀
따라가다가,
끄덕이는 머리가

혀를 돌다가,

손과 칼과 술잔을

주고받는 담벼락 안과 밖에서

모지게 모지게 사리어 살자,

둥글게 둥글게 기대어 죽자.

생생회전生生回轉

영생永生이란 근무시간 이십사 시간,
두리번거리는
잠자리의 눈알처럼
손발을 부비대는
파리의 조바심에
하늘과 땅이 더불어 도네.

우습다 하지 마라
춤을 추는데,
흥에 겹다 하지 마라
매를 맞는데,

호흡기 소화기 생식기
꼼짝 아니 하고
우니? 서 있니?

출생이란 출근시간 설깨인 시간
간밤에 신방에서
나온 웃음결.

초상난 건넌방이
울음 울다가,

멈추면 비틀비틀
주정뱅일세.

사망이란 퇴근시간 뉘우친 시간,
거문고 줄 아니라
맥을 짚는데,

하마하마 쓰러지면
회차리가 한 가락—
하늘과 땅이 더불어 도네.

실변失辯

반가워서 만나 보나
두골頭骨에 잠긴
신경神經을 퉁기면서
얘기나 하세.

다락 같은 이 목숨이
책장을 넘길수록
잎을 떨구니
한恨을 품고 삭삭
땅을 긴다네.

달콤한 『그렇지요』,
그러나 언제나
『그러나』에 잇달아
나도 싫은 내 몸 추기.

문학이란
산해진미 즐비한
진열장 보기.
할퀴어도 안타까워
유리에 비친 얼굴.

『이것을 신으세요』
『저것을 신어볼까』,
신부新婦도 신화新靴도
발에 꼭꼭 끼나 봐.

이발理髮하러 갔더니
바로 코 우에
칼날이 왔다 갔다
사형 틀이데.

내 눈물은 얼음처럼
간장肝腸을 흐르는데,
안면근육이
흉하게 켕기도록
그대는 웃네그려.

시인詩人

파리 떼.
까맣게 몰려들어
불타는 글씨.
머릿골에 붉은 해가
뜰 수 있으랴?

잉잉거리는
가락이 눈 감기면
개미 떼.
저자서고
흥청대고.
소리치는 손뼉이
불현듯이 울리는
나팔만 하랴?

하얗게 쓰러지며
헤어지는 몸짓을
짓밟는 먹칠.
피와 꽃잎과
고름이 익어 붙은
오오 하늘 같은
청맹과니.

말똥구리가

이름을 굴릴줄야?

시체도時體圖

붉은 해가 돌기에
어지러운데
뱃속이
땅끝이
집 안인가,
그림자와 이웃하면
목을 거슬려
살붙이가 기어올라,
입 밖에 내지 못한
욕지거리를
빗발을 씹고
하늘이 뚫리다가
땅이 꺼지는
사고팔고 하는 사이.
그대여 창을 열라,
나무를 바라거든
티끌로 가라.
바가지를 쓰고 차면
퍼붓는 모닥불을
아니 증명서!
서슬과 꽃 사이를
긁다가 고쳐 쓰면,

몸서리가 아우성을
물어뜯는데
다짐과 주검을
주고받으며
가슴을 두다리며
치는 바람과
나날과 무릎 맞힘—
아니 산마루까지
딱지진 지붕이여,
부스럼이면,
눈 감고 더듬으면
담벼락이 하늘인데,
사세요 주세요
죽여주세요,
설레는 물결 속에
달맞이 가라는가?
그림자여, 너의 그림자.

슬픈 새벽

목숨이
잊을 수
어쩔 수 없이
뎅그랑
짤리어
흘러가면
되살아
고개 들어
꼬꼬대
목을 뽑는
울음인데,
깔깔대는 목청이
피에 젖은 아우성을
죽음이 목숨을
업수히 여기는가.
뉘우침이 가는 길을
뿌리 뽑힌 마음을
눈을 부릅뜬
허깨비가
차車가
관棺이 빈탕
뎅그랑

팔인가, 목덜민가.
꼬꼬대 꼬옥 꼬꼬,
티끌로 눈을 부빈
닭이
세 번 세 번 울었다.
꽃이
저 구비를 돌아서면
샘이
저 고비를 넘어서면
잠꼬대가
게거품이
설레는 바다라면,
꿈,
용龍이 용쓰랴?
목숨이
잊을 수
어쩔 수 없이
네 활개를
홰를 쳤다.

제2부 시집 『하여지향』

어머님께*

달빛 아래 오솔길 산너머 바다
머리에 눈을 이고 눈물 지우며
부르는 주름살을 따라가고저

* 이 시는 시집 『하여지향』의 권두시로 실렸다.

만뢰萬籟*를 거느리는

만뢰萬籟를 거느리는 바람이기에
적이 귀밑에서 울음 울고,
스스로 숨결마저 잃을 듯 고요한 밤—
손길도 삼삼하게 낡는 가락은
끝 막는 듯 은연히 비롯하여
아련한 꿈도 잔잔히 흘러가고
풍악은 바다로 더불어 잠자느니—
실낱같은 목숨은 적막寂寞에 서리어
휩싸 안은 흐느낌에 조바심치니,
넘실 기우는 은하수만 넘쳐 흐른다.

* 만뢰는 자연계에서 나는 온갖 소리를 뜻한다.

왕소군王昭君*

누구의 이름으로
나를 파는가
하늘보다 값지다는
나라보다도
차마 기울지 못한
이 모습을.
돈으로 환쟁이를
끝내 사지 못한
사랑이기에
해와 달을 우러러
지켜 온 보람이야
두 볼을 스치는 눈물방울뿐.
대궐로 오는 길은
몸부림도 아우성도
오랑캐 땅으로
오랑캐 품속으로—
한낱 그림처럼
누구의 이름으로
나를 파는가.

—《야담》, 1955. 7.

* 《야담》에는 제목이 '왕소군王昭君의 노래'로 되어 있음.

비단 무늬

비단 무늬 눈부시게
창窓을 울리며
봄이 왔는데
가야겠는가.
가락이 간 곳으로
지붕 위에 서리던
연기를 따라
가슴을 에워싸고
길이 도는데,
촛불이 다하면,
은하銀河 물이 잦아들고?
술잔이 눈부시게
창을 울리며
나무 위에
달이 지듯
가야겠는가.

기름한 귀밑머리

기름한 귀밑머리
갸름한 얼굴
내장內臟이 은하銀河처럼
굽어 돌기에
두 볼에 태난
잔 웃음 결이
달처럼 동두렷*이
모든 것을 비웃는데
석탄 알이 어리면
진주로 빚어내는
눈망울이라
무지개가 깃들이는
눈썹이라고
타는 입술이야
꽃무늬처럼
기름한 귀밑머리
갸름한 얼굴
어느 강을 넘어간
화톳불인가

—《현대문학》, 1955. 8.

* '동두렷'의 의미는 '덩두렷하다'에서 추정할 수 있다. '덩두렷하다'는 웅장하게 높으며 흐리지 않고 분명하다는 뜻.

운상의상화상용雲想衣裳花想容*

어느 하늘가에서
재갈을 물고 떨어진
모습이기에,
죽고 죽이고
죽는 것을 보는 데서
꿈처럼
나라가 부서지는
너는 베갯모.
이처럼 벼룩처럼
기고 튀는 사랑은
새벽빛 물고기며
놀 빛 산호를
먹은 살무사.
속고 속이고
속는 것을 보는 데서
하얗게 빛을 잃는
무지개처럼
나라가 부서지면
되살아나리라는
바보 같은 베갯모.

* 이백의 「청평조사1淸平調詞之一」의 한 구절. '구름 보면 그대의 의상, 꽃을 보면 그대 얼굴'이 생각난다는 뜻.

출렁이는 물결을

출렁이는 물결을
허리에 질끈 매고
꽃이며 나무며
풀이 깃들였기에
뭍이여!
한 자리에 가만히
가지를 뻗어
해를 걸치지 못할 바에야
갈매기가 아니면
까마귀처럼
잉어가 아니면
가자미처럼
하늘이나 여울
여울로 가라는가.
제물에 시들어
썩지 못하고
베도는* 두 다리며
끓는 피가 흘리는
눈물방울이
너를 만나면 사라지기로서니—

* '베돌다'는 '한데 어울리지 아니하고 동떨어져 행동한다', '가까이 가지 아니하고 피하여 딴 데로 돌다' 라는 뜻.

굽이굽이 기름진 강물처럼
가슴에 둑을 싼다.*
노래처럼 쌓아 올린다.

* '쌓는다'의 표현을 '싼다'로 쓴 듯하다.

살아가는 두 몸이라

살아가는 두 몸이라
나란히 간다.

티끌이 되면
하늘과 땅이
다할 때까지.
그 뒤라면
모두가 다할 때까지.

하늘 밖에 하늘을
열어주면서
비좁은 이 가슴은
왜 닫는가.

불 속에 불씨를
심고 숨으며
바닷속에 바다는
왜 설레고.

해가 되는
해바라기.

죽어가는 두 몸이라
나란히 간다.

겨울에 꽃이 온다

겨울에 꽃이 온다
눈이 내린다
빛을 잃은 사랑이
어찌 못할 몸짓은
하늘에서 다하고
고요한 모습으로 그냥 쌓인다.
버림받은 땅이며
지붕을 덮고
헐벗은 가슴을
휩싸 안으려
쓰라림을 잊도록
겨울에 꽃이 온다
죽음처럼 내린다.

RIP VAN WINKLE*

산과 들을 잦히면
바다가 마른다고
아내가 죽을 리야.

한숨이
담배가 아니라
취한 탓이지.

머리를 깎을
걱정을 하다가
긴 수염이
구름인가
무서린가.

으르렁거리는
우렛소리가
증조 고조할아버지
무슨 말씀이신지?
바둑을 두시지요

* '립밴윙클'은 미국의 작가 어빙의 단편소설, 혹은 그 소설의 주인공. 20년 동안 잠을 자다 깨어보니 세상이 온통 변해버렸다는 내용이다. 립밴윙클은 '세상의 변화에 놀라는 사람'을 뜻한다.

장기를 두시지요.

이뿐이가 손자 보고
복동福童이가 무덤으로—
돌아온 사람이
내가 아니라
몸이 걸친 세상이다
바지저고리.

눈물이
휘파람이 아니라
취한 탓이지.

손등과 손바닥이
산과 들이면
아내가 죽었다고
바다가 마를 리야.

낙타駱駝를 타고

더위가 춤을 추며
그림자에 목마른데
낙타를 타고 보면
바늘귀 구멍으로
어둠이 달아난다.
가냘픈 눈초리여!
해를 쏘고
솟아오는 무지개를
곤두박어라.
당기는 입맛이
무덤 속으로
술과 돈과 계집을
바늘로 누비라고
불볕나는 모래밭.

거리에서

구름 밖에 봉우리가
솟아오르면
밑바닥이 드러난
장안거리가
꽃이 부르는
낭떠러지처럼
깃을 떠는 허깨비.
눈초리가 마주치면
피가 흐르고
마주 잡는 손바닥에
가시가 돋아
놀처럼 불꽃처럼
눈부신 옷자락이
회오리바람처럼
봉우리와 지붕과 나를 점지한다.

그냥 그렇게

그냥 그렇게
살아가라고
번개가 치고
우레가 울었는데
염치를 넘어선
물가物價이기에
말보다는 기적奇蹟을
바라는 마음으로
나날이 찾아오는
알지 못할 날씨가
허깨비에 피를
먹일 때까지
양심良心이란 말을
먼저 쓰라고.
송장이 관棺과 함께
어느새 일어서듯
피 흐르는 목덜미며
하얀 백합이
고곰*처럼 가슴에서
방망이질하면은

* '학질(말라리아)'의 충청도 방언.

말은 다만
말만은 아니라는
기적을 바라기에
웃으려다 무서워서
찡그린 얼굴.
번개에 눈멀고
우레에 귀먹는데
쳇바퀴를 돌다가
꽃동산을 꿈꾸며
그냥 그렇게
노래하라고.

—《시와 비평》, 1956. 8.

서방님께

지전紙錢이 불고
공기가 줄어서
숨이 가쁘듯이
출근하시고 나서
뭉클한 것이 가슴에서
올라오더니
목이 메었어요 슬퍼 마세요.
관棺 속에서 잠깐 머물다가
불꽃 속으로 뛰어들겠어요.
조상꾼들 사이에서
개잠들어
그리시던 여인을
만나신 것을
부끄러워 마세요. 어미를 여읜
아들과 딸자식이
미움처럼 눈물처럼
앞을 가릴 텐데
새 세상 보실 텐데
새 세상 보실 텐데
들먹이는 가슴이
거짓은 아니지만
시방 울지 마세요.

타는 저녁 놀을
긴 베개 삼아 비고
뭉실뭉실 보듬고
도란도란 얘기하다
깨날 날까지
그럼 안녕히 계십시오.
이승에서도 원자탄 그늘처럼
미안未安하고 불안不安하게 살아왔는데
저승에 가도 어떻게 되겠지요.
저에게는 아니
이미 이승이 저승입니다.
박봉薄俸에 삼일장三日葬이
무슨 말씀입니까.
내일 아침 먼동이 튼들
제가 또한 누구를 위하여
유황불을 받어요
햇살을 받어요.

—《시와 비평》, 1956. 8.

어쩌면 따로 난 몸이

어쩌면 따로 난 몸이
다른 몸을 기대야 살 수 있는가
모든 사람이
나에게 죽음인데.
미움은 눈을 부릅뜨며
나가서 죽으라고
사랑은 웃음 지며
들어와서 죽으라고.
아니 아니 나는 없는 것이다
없는 것은 없는 것이 받치고 있다
죽음과 그림자를 따라야 한다
그렇게 그렇게 걸어가면은
앞에서 손을 잡는 어느 벗처럼
뒤에서 안아 주는 어머니처럼
나와 모든 사람이 달이 된다고.
어쩌면 이렇게 싱싱하게 피가 익는데
없는 것을 기대야 살 수 있는가.

무엇이 모자라서

무엇이 모자라서 點 點 點
나날처럼 지리하게 떨어지는가.
장마가 끄고 간 불등걸인데
〈넘어질 때에도 하나가 되고
곤두박히어도 하나로 서 있어라〉
해가 그립다
피가 그립다고
외마디소리처럼 메아리처럼
핏대가 아니라
탑이 솟아오르게
이마를 넘어선 뼈를 뿌리면,
눈과 미움과 사랑과 입술 사인
비좁은 길이기에
톱날처럼 구름을 써는
가슴이여! 갈라지며
번개가 되려는가.
무엇이 모자라는 조상祖上이라고
이렇게 떨어지는 點 點 點.

—《시연구》, 1956. 5.

왕족王族이 될까 보아

왕족이 될까 보아
잠자리*처럼
스스로 삽으로
웅덩이를 파든지
실토하든지
마음대로 하라고
시치미를 떼십니까.
좀 비켜 주세요
춥고 어둡습니다.
아아 두 손을 잡을 수도
없는 그대여!
참아 주세요
돌이 소리치고
산이 거니는
저 모퉁이,
죽음이 애기처럼
남몰래 웃음 짓는
저 구비를.
벌거숭이 꿈마저
사라진 모래밭에

* 원문에는 '잠짜리'로 되어 있다.

진흙 위를 기기란
오히려 지렁이 자국처럼
상처를 입는데
이 주제를
쩟쩟 혀만 차며—
면류관처럼
지전紙錢이 속삭이면
「속여라」「죽여라」를
아무리 곱하여도
우정 잠자코 계십니까
잡수어 주시든지
좀 비켜 주세요
아아 수수께끼여!

—《현대문학》, 1956. 5.

한 걸음 한 걸음이*

한 걸음 한 걸음이
「살려주세요」.
날숨 들숨이
「죽여주세요」.
디디면 디딘대로
가라앉는 발판처럼
땅을 넘어선
땅덩어리라,
하늘에 구멍을
뚫어보고저.
언제나 히히헤헤
해가 웃기에,
더러는 공처럼
굴려보고저.
모지면 모진대로
무딘양하여,
집을 나간들
집으로 오는 길을
두루루 뭉쳐서
씹어보면은

* 《사상계》에는 제목이 「한거름」으로 되어 있다.

길목마다 손짓하며
오라고 한다.
신작로가 타박하며
가라고 한다.
문을 두드리면
열어준다니,
모든 별이 촛불처럼
제를 올리는
성인聖人이 아니면
미치광이인가.
염통을 겨누면
날이 샌다니,
자물쇠 구멍으로
내어다 보는
장님이 아니면
청맹과닌가.
부으면 붓는대로
휑 비는 술잔,
문둥이처럼
외딴 섬에서,
이 잔을 마시고
비틀거린다.

—《사상계》, 1955. 10.

척식拓植 식산殖産 생식生殖을*

척식拓植 식산殖産 생식生殖을 겪어왔으니
성姓도 이름도 없는 얼굴들을 등지고 온다.
실뱀처럼 구렁이처럼
능갈치고 얄미운 길을 밟는데
거간居間이여! 솔직하게 인간적으로
네가 하는 자장가에 귀가 솔았다.
언제부터 흐르던 핏줄이기에
몸서리를 안개처럼
몸에 두르고
두 팔을 한 일자一字로
추켜올리듯
문패가 달린
무덤 속을 꿈꾸는가.
꿈자리까지
살붙이가 별처럼
자리를 잡고
쥐꼬리만한 월급을 닮아가는
목숨이라고
신부新婦처럼 온다는
그날을 가로막아

* 《문학예술》에는 제목이 「척식 식산」으로 되어 있다.

부부夫婦가 마주 앉고
한숨지면은
사랑하는 사람인 양
흔드는 장난감을
웃는 아기여!
아들보다는
이자利子가 귀여워서
길손들이 문설주에
피를 칠한다.

—《문학예술》, 1955. 8.

〈영원永遠〉이 깃들이는 바다는

〈영원〉이 깃들이는 바다는
다만 등을 어루만질 뿐.
붉은 피가 날물처럼
손을 들고 소리치며
하늘 끝으로 사라진 뒤에.
돌이 되며
비로소 돌아다보니,
꿈결 같이 되살아나리라는
그대는 허공이고,
저녁놀이 발을 씻는
나는 낭떠러지.
이렇게도 많은 목숨을
해가 무찌를 줄야.
무엇이 저승까지
몰고 갔을까.
도야지처럼
사람들이 미쳐서 떨어지면은
갈매기나 해녀海女가 아니지만
차라리 악령이여! 노래하여라.
육지를 버리고
어디를 가겠는가.
몸에서 떨어진 모가지라도

사랑을! 사랑을! 하고.

—《신세계》, 1956. 9.

벽壁

소리 없이 막힌 것을
용서하세요.
독수리가 날아와서
염통을 찢고
까마귀에 뼈를
쪼일까 보아,
물결치는 바다를
등지고 서면,
아아 은하보다 오히려
먼 한강수漢江水.
감옥도 절도 아님을—
죽음을 앞선
목숨에 무찔리어
기우는 돛대며
불붙은 탑을
빛없이 잊은 것을
용서하세요.

—《현대공론》, 1955. 1.

해는 눈처럼

해는 눈처럼
쥐구멍을 찾든지
노래하든지
물귀신처럼
미쳐버리라고
아무래도 이런 말이다.
달보다 알뜰하고
별보다 눈부시게
감싸주는 것은
어머니가 뱃속에 지녔을 뿐.
아아 불타는 시간이
보금자리면
달리는 말굽은
하늘에 있다.
〈요다음〉과 〈내일〉을 돌아
땅 끝까지라도
퍼져가면은
그것이 허깨비다.
빛이란 언제나
가를 돌기에
가득히 차려면은
가득히 차려면은

넘쳐야 한다
미쳐야 한다.
해보다도 아무래도
깜박이지 못할 밤은
어느 눈초리처럼
이런 말이다.

〈아담〉의 노래

몸이 움직이면
마디마다 「네」「네」.
살 속에 살이
뼛속에 뼈가
신神인가 서슬인가
휘휘 도는 불꽃인가.
아내여 아내여
꽃다발처럼
뱀을 두루루 머리에 이고
이 몸으로 더불어 한몸이 되려는가.
목숨을 주는
얼씬 못할 나무여,
땅도 배알을 피가
잠자리*에 싹트면
선善이 죽이고
악惡이 장사지내고
신神이 부르면
배를 깔고 기다가
흙으로 요기하고—
다만 염통을 도려내어

* 원문에는 '잠짜리'로 되어 있다.

해에 바칠 뿐,

해처럼 뛰놀며

반짝이라고.

땀이 흐르면

방울마다「네」「네」.

남대문南大門

별도 얼어붙은 하늘
불 끓는 땅속에서
날아왔는가.
신神으로 귀신鬼神으로 더불어
뭇 손님을 맞이하고
어둠 속에 흘러간 피가 굳어서
태난 눈이,
춤추는 치마 폭을
휘도는 소매를 따라,
연기煙氣에 싸인 용상龍牀
번득이는 서슬,
갈마드는 감옥과 자유를 굽어보면
가슴에 타오르는 유황염초硫黃焰硝불!
역사도 막바지에 다다른 이 거리에
날을듯 금시에도 칠 듯한
활개를 추켜들고
아아 꿈이여!
금빛 장미薔薇빛 나래 깃은
어디 갔는가.
구비구비 흐르는 성하聖河,
얼음을 깨면 눈부시게 빛나는
어느 샘물가에서

곰과 이리가 물려주던
꿀 같은 젖은?
아아 기다림이여!
태몽胎夢자리에선 횃불이 되고
숲과 들을 울리던
목가牧歌인 네가,
허물어져 눕는 성城
불붙는 탑이여!
시간을 앞섰기에 모두 보았다.
가슴을 휩싸는
총알과 번갯불은
사랑하기에 아아 사랑하기에
벗어나 왔다.
산하山河까지 사라지고
하늘만이 푸르러도
어찌 네가 해와 달을 부러워하랴?
어둠에서 어둠으로
흐느끼며 흘러가는
피눈물에 몸을 씻고,
오로지 스스로 맘을 태운
재의 더미뿐.
별도 얼어붙은 하늘
불 끓는 땅으로 더불어
외곬으로 가꿔온
불타는 꿈을

사랑을 가로막는
아아 벗지 못할 너의 탈이여!
영혼이여!
기다림으로 하여
끝내 웅얼거리는 도읍都邑
어리석은 너의 신작로여!

홍수洪水

이름을 불러다오.
사람들이 문밖으로
뛰어나가면,
지붕마다 껄껄 웃고
주저앉는다.
외로움은
신神의 외아들도
쓰다고 하였기에,
간직한 보패寶貝*며
나들이옷은
장과 농과 함께
가라앉아버리고
휴지休紙처럼 지전紙錢이 떠오른다.
신神이 뉘우치면
달무리가 목을 감고
피가 되는데,
껴안고 쥐어박다
쪽배가 뒤떨리니
입 맞추곤 욕지거리.
숨결이 헐떡이며**

* '보배'의 원말.
** 원문에는 '헐덕이며'로 되어 있다.

야속스레 사라져도,
꿈자리를 닭처럼
헤치지 마라.
잔을 저버리지 못한
입술처럼
내 가슴이 떨리도록
물과 하늘만은
시원하다고.
아내며 아들과 며느리는
왜 왔는가.
눈물이 어리어도
마주 못 볼 햇살처럼
짐승이여 사랑하면
등을 부벼라.
꿈결처럼 무지개처럼
모두를 불러다오.

—《사상계》, 1955. 2.

의義로운 영혼靈魂 앞에서

나로 하여 나는 내가 아닌 것을
아느니보다
내가 아닌 것으로 하여
나는 내가 아님을 깨달을 때에,
최소한으로 살다 보니까
겨레가 그야말로 무한소無限小가 될까 보아,
죽음이야 하나인데 최대한으로!
이렇게 가신 이들.
고래를 타고 하늘에 올라가도
바람과 달이 모두 어지러운데,
새우 등이 터지는 그 속에서는
어깨가 넓어서 머리가 작고
배가 나오는 거물巨物이 있다.
제 그림자에 소스라쳐
짖어 지친 개들이
파먹은 뇌수腦髓라면,
눈치와 욕을 보며
해골바가지로 햇살을 받아
고아孤兒라도 주어야겠다.
돌아서도 돌아서도
빛나는 눈물이
별처럼 하늘에 가득 차기로서니,

설깨인 아이처럼 슬픈 것이다.
거리마다 즐비한 지붕들은
벌레가 먹고,
달만이 금이빨처럼 걸려 있다고,
누가 노래하듯
회오리바람처럼 휘몰아치다가
바보같이 웃었겠다.
세자世子도 아닌데
거지로 더불어 울지 못하고
죄罪가 죽었어도 사약死藥이 아닌
술을 어찌하여 내가 마시다니!
이렇게 쑥스럽게 살아가다간
되살아와서 또 고생이다.
(저버리시면
지네처럼 알몸에서
설설 길 테니
사랑하세요 아아 사랑하세요).
기도祈禱란 헐벗은 사람이
울리기도 하지만,
발꿈치서 정수리까지
하늘에 다닫는 사다리라도,
알을 포개 안은 닭처럼 안타까워
눈물이 울화鬱火를 싸고도는데,
염통이 튀어나와
눈이 되고 싶다고

〈샌드윗치〉처럼 사이에 끼어,

입이며 콧구멍을 들여다본다.

〈산타크로스〉 할아버지가 아닌 신神이기에,

삼천대천세계三千大天世界*가 화살처럼 하나씩

부르르 온몸이 떨며 울며,

돈이 총알처럼

가슴에 박힌 그대로,

무지개 되어 내일을 쏘아간다.

아는 것이 모르는 것임을

알고 나서야

아는 것을 안다고는

모르는 우리라면,

아아 낭만의 조국은 무덤 속이다

해골로서 사라진 그대들이다.

이름없는 공분모公分母가 되어가라고

오뉴월존장五六月尊長처럼 불타는 하늘에서

어느덧** 눈서리가 내릴 바에야

살림살이에 아무 일 없다.

피어린 아아 일이장삼이사오육칠一二張三李四五六七.

—《문학예술》, 1956. 9.

* 소천, 중천, 대천 세 종류의 천세계로 이루어진 세계, 이 끝없는 세계가 한 부처가 교화하는 범위가 된다.

** 원문에는 '어느듯'으로 되어 있다.

어느 십자가十字架

나를 무어라
씨앗이라 어둠이라
바다를 밟는 발이
부르겠는가.
생산生産을 못하면은 거간居間을 할 것이지
정치나 경제학은 고만두라고
위아래 좌우가 모두 총부리니까,
성명姓名 운명運命 판단학判斷學이 뇌까릴 때에
두 팔을 추켜들고
십자가가 되었다.
처음에 말씀이
거둘 이삭이라면
마지막에 나팔이
사를 씨앗이라면
성인聖人이 도적盜賊처럼 숨지기 전에
내가 지닌 붉은 피가
부끄럽고 죄스러워
천당이건 지옥이건
돌려보내야 했다.
대대代代가 눈물방울
손손孫孫이 핏줄이라
바다를 밟는 발이

부르겠는가.
이면공작裏面工作이 귓속으로 들어오면
나는 내가 아니라 너고,
너는 네가 아니라
또 하나 다른 사람.
처음이 마지막
말씀이 나팔이면,
산을 바다를 불러
깔깔대며 떠오르는
해를 보내고—
영혼이여
어느 아침 처마 끝에 날아온
새 같은 너를
소화기와 생식기와 지전紙錢 사이에 끼워 넣고
그렇게도 그렇게도 참으라 했으면서,
온몸이 불수의근不隨意筋처럼
부족증不足症을 느끼면은,
이제 와서 손을 잡고
슬프다 하겠는가.
나를 무어라
이삭이라 불꽃이라
바다를 밟는 발이
부르겠는가
수양딸 같은
자유가 딸리고 드난사니까

유식有識이 무식無識으로 폭락暴落하기에,
물가物價는 둑을 넘고
기우는 십자가가
사주四柱를 본다.

—《문학》, 1956. 7.

하여지향何如之鄕 1

솜덩이 같은 몸뚱아리에
쇳덩이처럼 무거운 집을
달팽이처럼 지고,
먼동이 아니라 가까운 밤을
밤이 아니라 트는 싹을 기다리며,
아닌 것과 아닌 것 그 사이에서,
줄타기하듯 모순矛盾이 꿈틀대는
뱀을 밟고 섰다.
눈앞에서 또렷한 아기가 웃고,
뒤통수가 온통 피 먹은 백정白丁이라,
아우성치는 자궁子宮에서 씨가 웃으면
망종亡種이 펼쳐가는 만물상萬物相이여!
아아 구슬을 굴리어라 유리방琉璃房에서—
윤전기輪轉機에 말리는 신문지처럼
내장內臟에 인쇄되는 나날을 읽었지만,
그 방에서는 배만 있는 남자들이
그 방에서는 목이 없는 여자들이
허깨비처럼 천장에 붙어 있고,
거미가 내려와서
계집과 술 사이를
돈처럼 뱅그르르
돌며 살라고 한다.

이렇게 자꾸만 좁아 들다간
내가 길이 아니면 길이 없겠고,
안개 같은 지평선뿐이리라.
창살 같은 갈비뼈를 뚫고 나와서
연꽃처럼 달처럼 아주 지기 전에,
염통이여! 네가 두르고 나온 탯줄에 꿰서,
마주치는 빛처럼
슬픔을 얼싸안는 슬픔을 따라,
비렁뱅이 봇짐 속에
더럽힌 신방 속에,
싸우다 제사祭祀하고
성묘하다 죽이다가
염념念念을 염주처럼 묻어놓아라.
「어서 갑시다」
매달린 명태들이 노발대발하여도,
목숨도 아닌 죽음도 아닌
두통頭痛과 복통腹痛 사일 오락가락하면서
귀머거리 운전수—
해마저 어느새
검댕이 되었기로
구들장 밑이지만
꼼짝하면 자살自殺이다.
얼굴이 수수께끼처럼 굳어가는데,
눈초리가 야속하게 빛나고 있다면은
솜덩이 같은

쇳덩이 같은
이 몸뚱아리며
게딱지 같은 집을
사람이 될 터이니
사람 살려라.
모두가 죄罪를 먹고 시치미를 떼는데
개처럼 살아가니
사람 살려라.
허울이 좋고 붉은 두 볼로
철면피鐵面皮를 탈피脫皮하고
새살 같은 마음으로,
세상이 들창처럼 떨어져 닫히면은,
땅꾼처럼 뱀을 감고
내일이 등극登極한다.

—《사상계》, 1956. 12.

하여지향何如之鄕 2

고적孤寂함이 빛인 양하여
돌아온 강산처럼
나고 차는 것을 담는 그릇이기에,
뜻밖에 빈 것을
아찔할 듯 없는 것을
나는 섬긴다.
까만 눈, 붉은 눈, 하얀 눈을
어둠이 빛나는 별처럼 넘어서고,
자살自殺과 살인殺人 사이
물속을 헤엄치면
하늘 같지만,
정신을 차리니까
우물 속이다.
점點과 선線과 면面을
순간으로 한 건축이
영원이라면,
높이를 따르는 눈초리기에,
쥐를 놓친 고양이처럼
항시 깜박이며 떨어지며
내 몸이 지닌 넓이여!
아라리요
그렇지요

뭇사람이 돌아서고
그림자만이
벽壁이다, 가지 말라고.
입체立體다 죽음이다
서있는 송장이다.
쫓겨난 중이라
제 머리를 깎는다면,
술을 벗 삼아 이야기하라.
그대가 죽은 뒤에 돈을 알다니!
그 나라에는 열매가 있고 나무가 없다.
그 나라에선 손아귀에 제풀로
모든 것이 쥐어진다.
깡깜 나라에선
바보가 어느덧
바보 똘똘이
똘똘이가 어느새
똘똘이 바보.
직업職業을 단벌 옷처럼 입고,
떨어진 양심良心을
양말처럼 신었지만,
언제나 원망을 들어가면서
언제나 민망하게 지내야겠다.
발이 디딘 곳은 같은 자린데,
눈이 겁쟁이라 물러만 가면,
허우적거리는 팔을 꺾어라.

슬기로운 무화과 나뭇잎
치마를 벗고,
하늘이 물구나무
선 땅이라,
은하가 흐르는 넓적다리며,
골수骨髓에서 솟아오는
붉은 태양이여! 부끄럼이여!
언제고 한번만은
우레처럼 우르릉
울 건축이
한숨에도 가볍게 사라진다.
불멸이냐 너의 침묵!
허허 허탈이냐 해탈이냐
무장공자無腸公子냐
만화경萬華鏡 화장세계華藏世界*여!
〈관〉이나 〈자〉를 탈 수 있으면,
우리가 둘이서 사랑을 할걸,
암만해도 작은 시민들이여!
거간居間 같은 작부酌婦 같은 중용中庸이라,
아내며 아들딸과
함께 등장한다.
타는 목을 축이려
마시는 물이

* '화장세계華藏世界는 연화장세계蓮華藏世界'라고도 한다. 비로자나불毘盧遮那佛이 있는 세계로, 불교에서 말하는 청정과 광명이 충만한 불국토를 의미한다.

몸을 돌지 못하고
눈물이 되면,
닐니리야
그럴 수야
묻힐 때처럼 벌거숭이다.
추태醜態를 부릴까 어떻게 할까,
그것도 그렇다고
벽壁 사이를 걷는데,
태음太陰처럼
빈 것을 없는 것을
사랑하는 아픔으로 신음呻吟을 잊을
어머니처럼 나는 모신다.

하여지향何如之鄕 3

뭇사람이 싫어서 내가 싫고
싫음이 싫으면 죽음으로 원圓으로,
피묻은 나선螺線을
미치게 두루 돌며 기어오른다.
왜란倭亂과 호란胡亂과 양요洋擾를 겪고
움직여야 하니까 동란動亂을 거쳐,
목이며 사지四肢가
갈라지다 합치고 하는 사이에
역사歷史가 넣은
주릿대가 틀리는데,
나날이 넓어가는
어두운 하늘을
밝히려고 밝히려고 애타는 것은
스스로 어둠인 까닭이라는
까닭 모를 슬픔뿐.
현빈玄牡이 방사능을 쬐는 골짜기에선,
핏줄과 죄악罪惡이 끈끈한 대로
〈이놈〉과 〈네네〉가 같은 자리다.
자복雌伏하는 영웅들을
위장胃腸으로 생각하며
뇌수腦髓로 먹는 시민을
안녕히 숨지지 말고

마구 욕하라.
명백히 박명薄命이며
빛을 바라는
눈 뜬 송장이며
눈 감은 목숨들이
의안義眼과 의지義肢로 의리義理를 지켜간다.
이마에 해를 받고
밭을 갈던 조상들이
추위가 정규군을 몰고 오면은
남南으로 남南으로 어머니 뱃속으로—
물고기처럼 뛰놀던 시절이여!
바닷가라면 돌아서야만 한다.
사화士禍가 오히려 사복士福인양하여
백화점이 아니면 은행으로 가거나,
시장市場이 아니면 술집에서 살아간다.
눈앞을 휘황히 가려주는
번뇌가 배어 고독이 낳은 딸이 죽은 뒤에,
안으로 들어가면
의증疑症으로,
밖으로 나가면
번개로 치시는 분!
어떻게가 그렇게
되지 않는 내일이
어저께라면,
안개가 눈물이라

빛처럼 찬송讚頌한다.

—《현대문학》, 1957. 7.

하여지향何如之鄕 4

환영歡迎 만세萬歲 니힐 니힐리야.
말하자면
말이
행동이 아니다.
뜻할 듯 말 듯
눈 코를 뜨는 사이,
성좌星座에 앉아
땅을 훔켜쥔다.
갈 데가 없는 대로
「좀」 가야만 「제발」쯤 하면,
자르면 붉고
썩으면 검은 것을
감찰監察 감사監査 사찰査察하는
하늘처럼 하늘대는
하얀 꽃이,
구유 통에 태난 어린이가,
밥이 돌이고
돌이 밥이라고.
생각도 느낌도 없는
부호符號가 숨 쉬는데,
사회社會 같은 사회社會가
호랑이처럼

날뛰며 덤벼드는 꿈을 잃었다.
아아 바다여 바다여!
거품처럼 사라지라
하는 거리여!
오작교烏鵲橋 같은
방정식方程式 같은 사다리를
누가 내려오든
지전紙錢이 내려오든
땅으로 올라가게
유행하는 풍류風流대로
하늘에 걸쳐 놓고
비극悲劇이 싫거든 계산하여라.
그것이 싫어서 도연명陶淵明 같은
그림자에 술을 권한다.
이모저모로
모진 예각銳角을
시대가 겨눌 때에,
날래 몸을 피한 것은
그대뿐이다. 그대처럼,
깊은 곳에서 태났으니까,
눈으로 솟아나면
못생길 슬픔이
이렇게 무거운 영혼이기에
저렇게도 세상이 가벼워진다.
영원히 짝사랑인

그 얼굴처럼
이어지다 헤어진
그 노래를 그대로,
칠할七割이 농민인데
이농離農하고 승천昇天하면
나머지 삼할三割이
허공처럼 무한처럼
전원田園으로나 바닷가로나
누가 가야—
등진 법률法律과 율법律法 사일
허깨비처럼 짐승처럼 가야만 하면,
도는 돈을
운명運命을 쥐고,
〈아니〉가 〈네네〉 같은 앉은뱅이라,
외마디를 마디마다
강간强姦 간통姦通 윤간輪姦하는 사람 사이를
종로鍾路를 물결처럼
〈자연〉이 아연啞然하게 밟고 오소서.
아아 사랑이여 수라장修羅場이여!
할렐루야 할렐루야.
멧부리마다 골짜기마다
모든 물을
빗물 샘물 허드렛물
개천물 눈물을
거느리는 낮은 바다가

왕王 같은 바다가 되려,
만卍자字처럼 앞뒤로
게걸음 치며
내처 흐른다.

—《사상계》, 1957. 7

하여지향何如之鄕 5

없는 것에서 태났으니까
살아 있듯 몸짓하며,
명동明洞이 정녕 밝은 동네면,
생각해도
아무리
모를 일이
생각보다 나은양하여
목청이 있는대로
잠자코 있다.
어떤 이는 아무개나
누구처럼 너와 나처럼,
가슴을 치다
배를 두드리다가,
잠자리*에 든 회오리바람처럼
익숙한 얼굴인데
낯선 두려움이다.
귀신이야 곡哭하든 말든
인간이 인생을 감상鑑賞 못할 바에야,
마작麻雀이나 암살暗殺하듯
사랑을 하고,

* 원문에는 '잠짜리'로 되어 있다.

야당野黨이 아니라
여당與黨이드라.
당黨이 아니라
사람이드라.
골목처럼 그림자 진
거리에 피는
고독이 매독처럼
꼬여 박힌 8자字면,
청계천변 작부酌婦를
한 아름 안아 보듯
치정痴情이 병病인양하여
포주抱主나 아내나
빚과 살붙이와,
현금現金이 실현實現하는 현실現實 앞에서
다다른 낭떠러지!
오가는 데를 모르는
바람 같은 신경병神經病인데,
「짐이요 짐이요」
여기는 시장市場, 시민市民이 사는 곳이다.
고맙고도 몇 번이고 죄송하면서
돈과 권력과 피땀으로 메꾸어도,
발밑이 아득하게
영혼을 판 시대여!
한번 사라지면
없는 목숨이라고,

원죄原罪를 잊고저
멋지게 살고저
어긋난 수지收支가
휴지休紙처럼 골방에서 버석거릴 때
눈물이 구슬 같은 사치품이라,
새앙쥐를 새앙쥐를
에워싸고 농치는 고양이처럼
우뚝 서 있는 그대가 누구인가?
망신亡身과 망명亡命을 잃은 망령亡靈들
원수가 아니면 이웃사촌들이여!
인생 생활고生活苦를
고약膏藥처럼 붙인 아름다움이
살별 같은 꽃으로
만발하며 휩싸 도는
그대 앞에선,
시시한 시시비비是是非非
한숨으로 어물어물
초인超人이나 하인下人이나
절실切實하게 요절腰絶할 뿐.
빼앗기다 찾았다가 하는 땅에서
봄이 겨울 같아,
〈GMC〉처럼
구공탄 같은 인심人心을 억누르는데,
타향 같은 고향이지만
그래도 고향은 고향이 아니냐고,

가리키는 손길 그 너머로,
우리는 물 위에 뜬
달이
관棺이 아니다.
누가 알겠으나
무엇인지 모를 역사를
이력履歷처럼 스스로 곡哭하는
달빛 아래 소쩍새는
나날이 솟아오는 해얼굴 위에
콧물을 흘리고,
과거 현재 미래를 삼단조三段跳하여
〈나〉라는 나라라도
저주咀呪처럼 합장合掌처럼
밝는 듯 어두운 그대 사이여!
뱀 같은 비둘기 같은
미친 미소微笑가
빛처럼 누리를 가리면은,
살아 있듯
죽음으로 태나고저
무덤 속에서 노래 부른다.
「되살아나면 그렇게는 그렇게는
아아 그렇게—」.

—《현대시》, 1957. 10.

하여지향何如之鄕 6

왜

울긴

범인犯人을

대지 않고.

모으면 모을수록 헤지는 동자瞳子처럼

모든 것이 〈것〉을 용서하라고.

경음악輕音樂에 맞추어

경식사輕食事를 하다가.

내우內憂가 폐병肺病이면

화류병花柳病이 외환外患이다.

불타며 춤추다가

영자影子까지 숨는 벽壁에,

밑창이 난 하늘처럼

창을 열어라.

염통이 기도祈禱처럼

숨 쉬고 있으니까,

생리生理가 논리論理가 되기까지는,

이론理論이 도리道理 없어

미묘微妙한 묘미妙味는 오로지 토정비결土亭秘訣!

그렇다

〈알타〉에서 해인사海印寺까지

어처구니없는 말을

아무렇지 않게 믿으며,
맛없는 의미意味를 달게 마셔도
나는 난데—
재담才談과 육담肉談과 사담私談을 하다
감상感傷과 중상中傷과 외상外上을 거쳐
자본資本을 빌려 타고 가고 싶은데,
당분간當分間 금명간今明間이 꼭 붙잡고,
어머니처럼 안기는커녕
등골이 밀려 나게
어디로 몰아
할
웃을
수
없게
할
원판原版처럼 검은 시대에
진리眞理를 사진 박을
횃불에 불붙이려
생명수生命水를 사려다가
심장마비다.
이때
염라閻羅
할아버지가
「이놈 배지 못한 놈
아무리 개화開化한 폐허廢墟기로서니!」

아아 절대絶對는 끊어지고

목숨은 목숨대로!

꼬꼬대

잠꼬대

〈아뿌레〉*가 아뿔싸 지각遲刻을 한다.

민주

주의(칠!)

내일은 정녕 얼떨떨하고

역사보다 야담野談을

사랑하는

사랑하는 그대만

진정 아름다워?

구름처럼 물처럼

〈처럼〉이 거울이라,

비춰보며 단장하고

통곡과 〈아멘〉과 술잔 사이서,

밥을

욕을

먹을

줄

아—

니,

* 프랑스어 아프레게르aprés-guerre를 '아프레'라고도 한다. 전후戰後 또는 전후파戰後派라는 뜻으로 제1차 세계대전 후 프랑스를 중심으로 일어난 문화, 예술상의 새로운 경향, 혹은 제2차 세계대전 후 전전戰前의 사상과 도덕, 관습에 구애받지 않고 자유롭게 행동하려는 청춘남녀나 그런 경향을 가리킨다.

이율복종二律服從
일율배반一律背反하다가
용용 죽었다.
바람 바람 달
덜덜 떨리는 보람을
역설逆說이 역정逆情한다.
오면 올수록 멀어지는 집이면,
김삿갓
이상李箱
돌아
서
갓!
모자帽子처럼
두개골頭蓋骨을 흔들며—

—《문학예술》, 1957. 8.

하여지향何如之鄕 7

막바지서
거울을 부수고
싱겁지 않게 싱싱하고저.
허무실무虛無實無
무 밑둥처럼,
제 모가질
잘라
들고
아릿타분
따분해?
해야.
아버지 어머니
나무 꽃
동산 새
누이
동생
개만 있는 어린이—
어떤 이는 제복制服에
어떤 이는 계집에
미친 다음에야,
보람이 없어,
스스로 태난 눈을

저버리는 눈물이다.
호랑이가
점점
그림 밖으로 밖으로!
오장五臟을 육부六腑를 털어놓면
「조와 자식」
〈테로〉〈네로〉 금고金庫 거문고.
깃발을 들랴 누가 누가
그렇게도 바뀐 얼굴을.
유복자遺腹子가 아니면 〈몰못트〉*
식은땀을 흘리며
떨어지는 꿈이
딱 이제
눈 감고
사는 사람, 죽는 사랑!
그래도 춘화春畵 파는
어린이
나라
라나.
산송장과 송장 사이
정치政治가 단련鍛鍊하면
코 머리
떠버리

* 실험동물로 많이 사용하는 기니피그.

더운

가슴 뚱 뀌고

예술藝術이 세련洗鍊한다.

도끼로 아니

도장 찍고

고만

더 두어

야

할 일이냐.

허나 거간하고 벌어야 한다.

장長이 영원永遠이다.

따라서 따라가면

우리는 사대事大와 당쟁黨爭의 자손子孫!

이럴 까닭 없이

이냥 이런 것이 땅

삼신과

아들이

몰려간 보릿고개다.

총 맞은 탄원서로

차압통지서로

구름 위서 귀신이

우레 원자 수소탄을 터뜨리며

사람이 되고,

땅 위서 사람이

망보다 〈맘보〉

멋보 돈보 바보 〈맘보〉
귀신이 되고.
송장이
거름만 되었어도
냄새가 안 날 텐데,
조상祖上의 해골들을 책상 위에 늘어놓고
위원회가 열리어도
주책없고 대책 많은
인간성이 성적性的이다.
사장社長 딸이 안 오면
〈알바이트〉 등등等等 무無—
핏덩이에
구멍 일곱이
유선굴遊仙窟 창룡굴蒼龍窟처럼,
세상이 다 그런데
백골白骨이다 노골적露骨的으로!
밝음이 아직 밝지
않아
어둠이 밝지 밝아 밝지
이미 않아.
지금이
어떤 애인愛人이라고.
활활 불옷을 입혀준다.

—《사상계》, 1958. 8.

하여지향何如之鄕 8

뭘
어떻게
하려는지
삼백 예순다섯 날이
하루같이 기적奇蹟이고,
이런
법法이
법法이
없다.
떨리는 손가락이
이별이어서
웃지 않는 아가씨여.
웃는 아가씨는 어디 갔어요.
사랑하는 얼굴처럼
벽壁을 매만지다
슬픔으로 하여 몸뚱이까지
거울 너머로?
돈과 총銃과 정당政黨에
경풍 일었다.
노인과 매춘부와 고아뿐인데
바보끼리 살아도
극락이라면!

묻지
말고
물러
가— 지옥이라도—
그대는 얼음장, 닫힌 대궐
목을 죄던 비단이
빛을 영영 잃었고—
미꾸라지처럼 빠지다가
도마
그리고
맛대가리 위에 서서
코가
눈이 나오는 나를
쇠바퀴에 깔린 염통을
누군지 귓전에서
귀신처럼 소리친다.
「〈타임〉과 〈카메라〉와 〈칵테일 파아티〉」
사람이란 신神이란 이름으로
나를 죽여
너를 껴안고
안개처럼
한숨을 되 마시며
등선登仙하고 싶었는데,
피묻은 허깨비야 뒤뜰에 자라
풀잎이 되든,

벅찬 바다를 머리에 이고
우거진 나뭇잎이 되든,
철철 강철鋼鐵
흐르는 눈물?
고치장 된장으로
옥동자玉童子를 빚어내는
하늘과 마늘
쌀쌀한 쌀—
곧은 등을
허나 갈고랑이처럼 굽은 지조志操를
양지陽地에 쬐며
집달리執達吏를 기다린다.
실상 세 끼를 먹는 것이
까닭 없이 먹히는 것.
땅거미 질 때
떡장수
기름장수
아낙네처럼—
마담
아름다운 담담탄彈!*
그대가 사랑하는
늙은 무역상처럼,
문제가

* 목표물에 맞으면 탄체彈體가 터지면서 납 알갱이 따위가 인체에 퍼지게 만든 탄알인 '덤덤탄'의 북한어.

아닌 문제가
인생이 되지 않는
생활이 되면,
거지 같기보다
다오
잠깐만.
고향이
고맙게
울
올
때
까지.

—《현대문학》, 1958. 12.

하여지향何如之鄕 9

은하銀河와 농하膿河
뱀인지 새끼줄인지
그리고 한강 가에,
날라라 나라며
영감令監과 대감大監이며—
후미지고
뒤진
계몽啓蒙과 산업産業으로
또는 산아産兒로.
남들이 붙여 준
이 두 날개
누구나 할 수 있고
즐길 수 있는
UN OK
를
울화鬱火로 용접熔 接하라
가
녹아
더러는 떨어지는
극약劇藥을 먹는 희극喜劇!
진땀이
영수증을 받거나

감옥으로 가거나,

눈물이

아니면

웃음을

닮아

가다

어쩌자고 염통이

업業을 뛰게 하느냐고

요강을 비우러 나왔을망정

달아

뜻과 시간 밖에서

비치려무나…….

유모어가 유모乳母처럼

자장가를

코를 골

고을에서

임질淋疾이 금주禁酒하고

판국이 결국

수표와 수갑처럼

ISM IST IS?

무슨 선仙 무슨 월月 무슨 난蘭 무슨 화花

이렇게 잘못 태난 춘향春香이들이며

「아빠 좀

사줘」가 자라나서

「어떡해요……

목숨이 나머지는
사랑과 눈물인데……
벌어야지……
외로워서……」 들을
나는 생각하기
하지 않기도
아
아냐—
노란 저고리
다홍치마가
머리 위서 굿을
생식기처럼 해서 깨면,
대낮이 잔인하여
애인 같은 권총을
총구銃口 속으로—
청자靑磁가 푸르른
백자白磁가 새하얀
해골 해골 골
바다를 담으려다
빠져 죽은 사람들이
범천梵天으로 가는 길—
아아 나선형이다.
단념斷念을 단식斷食하고
사람이 죽어야만
연석회의를

여는 여기는 맹장盲腸!
혹은 태평천국太平天國!
세계가 뒤볼 땐
육체가 뒤집히어
실밥이 난 영혼이며
염라閻羅로 더불어
공자님
빽소니?
직녀織女가 내려와서 여공女工이니까
이理가 없는
기氣를 펴다
견우牽牛가 몽설夢泄하고
옥졸獄卒과 옥신각신
하는
묘음妙音
지팡이에 가지가 열리도록
선지가 밴 공空이
역사처럼 돌기 마련
을
있다가 잃고 잊어버린다.

—《신태양》, 1959. 1.

하여지향何如之鄕 10

누가 무엇이며
무엇이 누군지
뭐가 뭔지
과학이 과학인양하여
인간이 낙제하고,
까마귀 떼처럼
왜놈들이 날아간 뒤라
이조말엽李朝末葉이
우수수 진다.
미쳐
처
미치지
치지
못해가
못물처럼
칠칠 넘쳐
DA DA
까닭이 허풍선이.
구비구비
미아리彌阿里랑 고개가
흉가凶家 집에서
아아 목

모가지 숨이
복덕방福德房을
믿고—
학대를 받으면
음란淫亂을 주는
시대時代가 태극太極
그대가 만물처럼
두 발을 감고
비늘이 곤두서서
용龍이
젖가슴을 안았다.
민국民國
국민國民
봉선화鳳仙花가
무너진 울타리를
온몸에 받아
황소를 배고
뿔! 뿔! 뿔!
보다도 무서운 불!
인공위성들이
손아귀로 모여든다.
왜
왜
왜
요(그래

요?)
물리物理가 교룡蛟龍이며
생리生理가 새우처럼
한 마디를
할
허나 굽힐
수
없다!
밖에!
「스스로를 위하여」
「스스로에서」
로
기껏.
되는
안 되는
것이 모두가 없는
그대가 천재니까
아아 판매기 앞에서
한숨짓고
몸을 풀 때까지
기다리다가
복음福音 같은
술을
피를
정신과精神科로—

돌아옴이

노래하는 양

도잠陶潛이

도시都市에서

DA DA

머리처럼

DASEIN을

긁적거린다.

—《사상계》, 1959. 2.

하여지향何如之鄕 11

염병 못할 것 같아서
생각하니까,
슬픔이 부채질하여
타버린 티끌에서
피어날 목숨이
이
그
저렇게도!
자유가 불구속처럼
불안으로 송청送廳하면,
가다간
미칠 길을
가야
이거야.「상감마마
사태事態가 긴박
하옵니다 아뢰오
사뢰옵니다」.
중공업으로
억만간億萬間 집을 짓고
하품할 때까지는,
월부月賦와 부역賦役 사일
〈데모〉하는 아아 〈데모크라시〉!

갈비뼈서

투표함投票函서

〈피아노〉 소리가 나면

미도파美都波로! 고미파高美波로!

산채로 망우리忘憂里라(네?)

NÉANT* 이

NO

노怒한다.

박꽃으로 더불어

초가집들이

UN 빌딩을 두루 나르다가

COGITO를 포격砲擊하고

항시 아리랑!

고개만을 넘으면

일전一錢 같은 일심一心으로

낱담배를 피어 물고

인력引力에

만유인력萬有引力에 대항한다.

횡재橫財할 듯 횡사橫死할 듯

내가 팔일오八一五 혹은 육이오六二五

네가 구이팔九二八

일사一四가 저 사람—

반만년半萬年이야

* 불어로 무無, 허무, 사멸, 죽음, 무가치, 무의미 등을 의미한다.

아무개든지
눈, 귀, 입
그리고 코에
계엄령을 내리고
아아 자유여! 자유여!
육감적肉感的일 수도 있는 그대여!
일선一線에 선
여신女神이 아닌
우리는
세상은
육상陸上
해상海上
복상사腹上死―
하늘은 하늘답게
굽어보지만
눈 뜨고 아웅을
밝히지 돕지 않는다.

―《자유공론》, 1959. 1.

하여지향何如之鄕 12

미래를 꿈꾸면
현재가 없는
잠들지 죽지 않은
어린이가 누워 있는
거리를 살얼음을
밟고 오는 햇살처럼
목숨이 어쩌면
나에게
땅에 있지 않고
하늘에 있었던가!
「죽고 죽어서
이곳까지 왔어요」
없다 모자란다 잘못되었다.
당黨이 무서워서
음부陰部로 몰려간다.
술집에서야
퍼드득거리는 아아 불사조들!
상감마마
〈참〉이 마마께 거짓이라면
그처럼 거짓이 없사올텐데,
헌법을 따라
버르장

머리를 들고
「살아야지 어떡해요?」
「그런데 어떻게요?
그냥저냥?」
십만환拾萬圜만 있으면
국민의
아들의 의무를 다할 텐데,
예나 지금이나
돈만 목돈만 있으면
무당이 굿을 하듯—
배보다 배꼽이 커서
DE TROP DE TROP DE TROP*
초현실을 뛰어넘는
현실 속에서
배배 꼬인 너와 나
우리 겨레
이승과 저승이
벌레 벌레 잡수셨다!
그래도 노래하면
정수리나 궁둥이서
뿔이 날 노릇—
혹 같은
자기自己를 세계를 떼지 못하고

* 'de trop'는 더 많이, 초과하여, 여분의, 쓸데없는이란 뜻의 불어.

욕지기가 욕지거리처럼
해
먹지 않고 배앝는다.
간지럽다 맵다가
다름 아닌 천사天使가
아들딸로 더불어
식모食母를 잉태하며
돌아보면 아닌 사랑!
신神이 천당을 불하拂下할 때
혼魂이 위장胃腸으로
그 밑으로 빠지려다
되돌아 나오지만
피부까지 촉감까지만!
날
소매
치기 패기
깡그리 깡패면
자유가 결심決心인데
「선택이여 안녕」 하고
보신保身하여 위험危險하다.
아아 푸른 하늘 푸른 하늘
너는 너는 미래여!
조직組織한 세도勢道며
얼얼한 얼마!
지평地平 수평선상水平線上에

기계가
먼동이 튼다.

해인연가海印戀歌 1

불타는 입김처럼
부벼대는 가슴처럼
그처럼 너는
나에 가깝다.
(어쩌면 내 피부인 것을……).
손가락을 대면
영자가 되고
껴안으면
한 오리 바람결.
아아 못내 돌아다 보니
눈부신 바단데,
그 위를 걷는 억만상億萬相이
너를 부르는—
목숨도 죽음도
이루 다 못한 그 노래.

해인연가海印戀歌 2

가슴에 손을 얹은
나를
나는 모른다.
제풀로 울리는
텅 빈
(이것이 무엇일까.)
하늘을 등지고
동굴에 앉은
그림잘까.
빛을 넘어선 빛이
웃음을 갓 배운
갓난아이처럼
파도 소리에
귀 기울이며
솔아 붙은 소라 껍질—
(이것이 무엇일까.)
종鍾일까
그림잘까—
햇살 소리
수련하게 소란대는
바다를 등지고 앉은—
가슴에 손을 얹은

나를
나는 모른다.

해인연가海印戀歌 3

하마
돛을 달
숨결.

스며
나며
끈적이는 밤중을
대낮인 줄
알았겠다!

없어야 하게
있고
있어야 하게
없어서야—
어찌 지녔으랴
부드럽게 할 빛을.
내가
한 줌
티끌이
티끌세상인 것을—

이는 듯 자고

자는 듯 이는
물결처럼
몸이 마음대로 맑은 바다로!

범이여 범!
나를 물고
천리만리千里萬里 달려간 것은
너더냐 나냐.
물 이랑을 따라
죽인 숨소리.
나루터
낭떠러지.

뭇 하늘이
꽃을
엮을
길—

이몽가몽*을
이물 고물처럼
저어
본다.

* '이몽가몽'은 '비몽사몽'의 잘못.

해인연가海印戀歌 4

모습도 소원도
없는 적막寂寞을
호랑이 수염처럼
쓰다듬으면,
아아 찰나를 누리고
다하는 만물을
장난감처럼
원숭이가 가졌다.

바다
아뢰야식阿賴耶識*
억만億萬 포기 가슴들이
거울처럼
나를 비추는 물결!

숨
틈이 쉬지 않고
송장
불타는 재가
쌀을 섞기면,

* 阿賴耶는 범어梵語 ALAYA의 음사音寫. 불교에서 제법전개諸法全開의 바탕이 되는 기체적基體的인 근본심根本心을 말함—저자주.

찌꺼기가
대소변大小便 두 길을 트고,
걸어온 너와 나
여자와 남자.
폭류暴流가 폭풍暴風처럼
숨 가쁘게 숨 가쁘게
종자種子를 굴리고,
아아 한 가지를 느끼면
상처가 하나!
좋은 수는
항시 멀고 먼 풍랑!

산 너머 저쪽에서
연기가 나고,
신라新羅가 북을 치면
당唐이 춤춘다?
열 스물 서른 살 때
지나 스쳐 다가 오간
전쟁 전쟁이
더럽힌
세대世代 연대年代 시대時代가
총알이 박힌 시간
아아 시무간時無間이다!

향내를 맡고

사랑이 태나
어두운 서슬이다
해여 달이여
네가 솟구친 것은—

모두가 몸을 풀고
흘러간 물결
맑은 금강신金剛身인데,
욕망欲望이 조화造化처럼
단숨에 이룩하고
한숨에 부순 기세간器世間*이며
삼천대천세계三千大千世界!
염념念念을 〈로켓트〉 삼아
갈 데가 많다!

생각도
아닌 생각도—
고독
노다지
요지경瑤池鏡
바다.

—《사상계》, 1959. 9.

* 불교에서 산하대지山河大地를 말함— 저자주.

해인연가海印戀歌 5

꿈에 잠긴 인식認識과
인식認識에 잠긴 꿈,
불타는 가슴이
다한 물결이
바다.

육지陸地에서는
무한급수無限級數처럼
거짓말을 연달아
입에 침이 마르게—
양잿물
풀칠할 고을에서
마음이 통하고
행동이 막힌
그들 우리들,
모두들 잘들 하는
장님들이
코끼리를 더듬고
명명命名 명령命令할 때에,

현상現象은 다만
형상形相 같은 유리창에

물방울 지고,
통화通貨를 거울삼아
스스로 비춰보면,
의미意味 같은 옷을 벗고
웃음 짓는 나들이 알몸!

AGAPE가 하늘에서
EROS가 땅에서—
(아침 점심 저녁을
되
먹지 않게 해먹었다!)
비관하는 젊은이를
미래를 교수絞首하고,
낙관하는 늙은이에
과거에 자수自首하라.
(그럴상
하긴 하지만
그렇지는
아직 않다).

제분기除糞器나
청소차淸掃車 같은 열반涅槃을—
가슴을
생식기를 조이며
직관直觀이 곡해曲解하면,

즉결卽決
즉석卽席
불고기처분處分이다.
(실
없다 있다
차는 슬픔처럼
사고事故가 고사故事처럼
큰소리친다.
「글쎄
그러니까
그렇다니까!」)

몸
서리
부림쳤다.
원망은
부릅뜬 눈알을
도려낼 양으로—
눈 감으면 죽음이다.
아프다 즐겁다가
강간이 황홀하다!
「괜찮다 괜찮다」고
하는 천당.

아내는 땀 냄새

창부娼婦는 분 냄새
고독이 평등향平等香이라,
아빠 오빠를 잃은 〈빠아〉에서
술잔을 아찔하게 헤엄치고저—
바라보면 포도송이,
보지 않고 만지면
고무공 같은
젖가슴을
믿고,
이
이
서캣 이,*
흰옷 입고 스르죽은** 우리들이
목욕 못 한 조상祖上들 사타구니로—

감로甘露로 몸을 씻고
선선할 때까지는,
포성砲聲이 으르렁
존재存在를 논論하는데,
비비상처非非想處***에서
독수리가
학鶴이 날듯이

* 서캐는 이의 알을 뜻한다.
** '스르죽다'는 '시르죽다(기운을 차리지 못하다)'의 잘못.
*** 불교에서는 비상비비상처지非想非非想處地라고 하면, 유상有想과 무상無想을 모두 떠난 평등 안정安靜한 경지境地를 말함—저자주.

신신新新 구구九九 주먹 무일점無一店을
죽음으로 말려드는 시간을
나서면
바다.

—《사상계》, 1960. 2.

해인연가海印戀歌 6

온 누리가
파리 한 마린데
파리 목숨이 타고
사랑! 아랑阿娘!

아아 청춘을
등골이 오싹할 삯으로 재고
사지四肢를 자본 삼아 사수死守하다가,
무망중 가시 돋친 양심良心이
갈가리 찢어 헤친
치마를 두른 사랑!

낯선 나날처럼
바다를 가다
눈초리가 쓰다듬는
유리세계琉璃世界로!

폐쇄閉鎖한 개화開化에서
화석化石이 되며
형이形而
상하上下
좌우左右를—

순
허세虛勢로 행세行勢하다
우러러가 아니라
들여다보는
모두가
살피는 눈이
바람을 일고
물결마다 산발하며
횃불 같은 혓바닥을
날름대다가도
수풀처럼 고요히
얼어붙는 거울
몸
거울.

마천루摩天樓 그윽한 내실內室,
분홍빛 깁장 안에
육담肉談이 새우는 밤을
가축家畜
인간산업人間産業이 자동식自動式으로
〈알콜〉
양심중독良心中毒을 해독解毒하고저—
피 담은 사발 같은
오늘이 벌린 입을

창자를 가려줄
햇빛을 보면 죽을
창자를 싸줄
가죽을
가락을 찾아
열熱에 뜬 이마를
궁둥이가 가라앉히면,
꼭꼭 묶어 놓는
꽁꽁 얼어붙는 꿈을 깨고저,

상품이 돈을 낳고
돈이 다시금 새끼를 쳐서,
심청沈淸이가 따라가는
아아 〈아리소나 카우보이〉!
화식火食 먹은 인간이
무얼
좀
알지만
막걸리
푸닥거리
하는 우리들.

관장官長 접장接長 십장什長이
먹으려고 먹칠한 때를
사회가 꽃판처럼

괄호 속으로—
송장을
가로
젖먹이를
세로
등짐 봇짐
지고 아우성!

NÉANT이 파랗게
〈네온사인〉을
붉게 타는 입술을
재고 달고 셈—
목 쉰 고아孤兒가
타라는 합승合乘이며,
담 넘는 도적 같은
구렁이 담 넘듯이
가는 고급차高級車며,
그리고 제행諸行이며—

와락 벼락 맞을
육시랄 구름이
〈후우라 후우라
땐스〉 하는 원한怨恨을
급살탕처럼
전쟁을 마시고

엎어진 북악北岳
그리고 남산南山,
하늘과 땅 사이가
코 아래 진상이다!

단군檀君 기자箕子 천만년千萬年!
어라만수
어라?
어라?
늙은이 등에
납작하게 업혀야
앞으로 간다?
다음에는 기계무한機械無限!
〈아멘〉이 뭐야
〈할렐루야〉지!

참혹한 살이며
인자한 뼈를
쓰고 쓸쓸하고
쓸개 같은 눈물을
관棺 옆에서
고아孤兒가 잠재우면
별이 눈 뜨고
깃드는 바다.

모든 것을

골짜기를

〈것〉으로 빚어내는

너는 OUSIA![*]

거인巨人들 잿더미에

누리가 장돌면

환한 손길은 다만

어루만지는 물결.

* 희랍어. 발음은 「우우시아」. 고유한 것, 사물을 그것으로 만드는 것 또는 사물의 본질 등의 뜻이 있다—저자주.

해인연가海印戀歌 7

하늘이 「그렇다」고
사람이 「아니」라고,
나르는 햇살에 회초리질 하여
순간을 동강 치면
구름이 추녀 끝—
개미 콧구멍서
불꽃이 인다.

옥졸獄卒을
시녀侍女를 잊고서
아득한 규방閨房 안에
철왕哲王이 코를 골고,
살고 보자고
보지 않고 살 때라,
「이런 일이 세상에……」
이게 세상이기에,
어머니가 맺어준
맥이 풀린다.

아버지가 팔괘八卦를 그렸는데
빠져 죽은 따님이
연꽃으로 지붕을

물속으로 방을 삼아
그윽이 뚜렷한 말씀을 듣고저—

ALEXANDRIA 요대瑤臺 위에
뱀을 안고 죽은 〈크레오파트라〉,
OLYMPUS 곤륜산崑崙山에
비취翡翠 옥비녀를
신탁神託처럼 던진 황진이黃眞伊가
굶어 죽은 혼魂들이
되살아나는 옥피리 소리.

상감님 치질을 핥아서
얻은 구슬을 던져
마침내 참새를 잡는데,
억대億臺만 있으면
눈사람처럼
굴리면 굴릴수록
살이 찔 텐데,

송장이
수백만數百萬.
붉은 피가
삼천리三千里.
그렇지
그러지

이렇지
이러지
하지 있지 않다가—

황홀한 꿈속
이름없는 간판 밖에서.
송장처럼 있다가
용龍처럼 보고,
목청이 천둥인데
잠잠한 깊은 못물.

「그렇다」는 하늘을
유방대乳房帶 월경대月經帶처럼
산이 감싸면,
제왕帝王 같은 숙명宿命에서 숙박宿泊하고저
이른 아침은 또 딴 데로!
철면피로
돈을 처자妻子를 가리고,
불꽃처럼 소리처럼
헤실바실 사라진 마음을
떡갈나무를 안고,
태아胎兒처럼 숨 쉬다가
손가락으로 바다를 잰다.

하나 안에 열이 있고

열 안에 열이 있어,
진여眞如가 참말로
그렇게 그렇게
TATHATA.*

* 범어梵語로서 진여眞如의 뜻— 저자주.

해인연가海印戀歌 8

〈크리스트〉가
흘린 눈물이
시간이 되고
부처님 연꽃이
공간을 넓혔는데,
놀부는 항시 형님,
〈아벨〉 목에는 비수가 꽂히고—
초탈超脫해서 자꾸 졸리면
조그만 욕망으로
삼계三界를 휘돌아라.

향기를
먹고 사는 중유中有*가
건달파성乾達婆城**에서 피리를 불고—
양반兩班이 좋지만
외척外戚이 더욱 좋아,
천주天主가 저버리면
민란民亂이 낳은 사산아死産兒,

* 전생前生의 죽음의 순간(사유死有)부터 차생次生을 받는 찰라(생유生有)까지인 중간시간의 영혼신靈魂身—저자주.
** 제석천帝釋天의 아악雅樂을 주관하는 신인, 건달파乾達婆가 공중空中에 환幻처럼 화작化作한 도성都城—저자주.

강산은 사철 삼베옷을 입었다.

팔다리
목 몸둥아리를
갈가리 찢기운
하늘이
아버지가
바다로 떨어지는
풍덩 소리 속
거품 속에서
태난 사랑,
알몸이 〈아프로디테〉.
오래잖아
가릉빈가迦陵頻伽* 도
어쩔 수 없이 달고 나를
하얀 모란꽃
젖가슴이 부풀면
천년성千年城이 불탄다.

그대가 생각나면
가슴 아픔 건
빼앗긴 염통을
되찾고저 함이

* 불경佛經에 나오는, 소리가 매우 아름다운 새—저자주.

함함한 꿈인 까닭—
아아 식자識者들 자식들,
도강渡江 남하南下 월북越北하고
삼도천三途川에 배 띄우고,
물불을 헤아린다
김장 결사대!
요로要路가 막히면
뒷골목으로—

무無
저항의 저항이
무無래서
마음과 마음이
마음 뱉는 곳곳에서
〈간디〉가 달아난다.
〈피라밋드〉 같은 운명을 기는
개미 한 마리가
암매매
암매장.
이뿐인가 끈끈이,
끈이 목을 죄일 때,
오뚝이는 동심童心으로
달마達磨는 선정禪定으로
완전무장完全武裝을 했다.

아아 조국祖國은
훈장이 사형틀로 뒤바뀌는
띠를 둘렀는데,
뒤죽박죽 쥐어박다
「뽀뽀 조금만」
「조금만이 어딨어요
조금이?」
「몸뚱아리 송두리
직업職業째? 처자妻子까지?」
쥐새끼 꼬리 꾀꼬리를 붙들고
목숨을
건져 이어
오가
본—
척수신경이
동란動亂으로 마비한
이미
본
봄.
숙덕공론 안에는
강산무진도江山無盡圖!

표표飄飄한 정치가
빈 밥그릇에 코를 박기에,
어떤 지령 밑에서도

하기야 하지 죽지 질질 않는다.
엿가락처럼 삼시간을 느려서
세계를 역사를 이십사시二十四時로 볼 때,
황홀한 그대여! 이십오시二十五時여!
나와 저 사람과
우리가 잠긴 바다에
고래가
초자아超自我*가 아수라.
(생식기와 주먹과.)
아아 십방세계十方世界를
가득히 채운 몸을
생각하다가 망각한 나를
입을 막고 신음하는 우리 겨레를
궁둥이를 껴안았다.

먹구름 같은
환상에 휘감기어
진강塵綱을 헤쳐야만,
등골이, 골수가 서늘하게
푸른 하늘이 튼다.
별은 우주정차장宇宙停車場은
오로지 무색계無色界**뿐!
성명서聲明書 〈멧세지〉

* 〈후로이트〉의 용어로서 양심良心을 주관하는 개성의 일면을 말함— 저자주.
** 물질적인 생각(색상色想)을 떠난 사람이 가는 천계天界— 저자주.

〈삐라〉 벽보 〈푸라카드〉
혈서 수만數萬 장 절로,
〈데모〉 절로 나 절로
거리 절로
모두가 따로따로 딴전을 보고—
아비다리 딴죽 치는 상전들이며
고분고분한 꼬붕!
깡
패라 패던 정부情夫가 오면
달빛으로 침으로
화장하는 고양이 그림자가
묵화墨畵를 그린다.

사람으로 하여
〈프로메테우스〉가
꼭두서니 꼬락서니
간肝을 찢기고,
현기증만이 보증하는 안심安心이며
아아 〈오르페우스〉여! 〈오르페우스〉!
〈에우리디케〉가
용춤 추며 용꿈 꾸며
「아안 돼요 흐응
아안 돼요 흐응—」
반짝이며
모든 눈초리를

흘리는 바다.

—《사상계》, 1960. 8.

해인연가海印戀歌 9

서부활극西部活劇은
〈스크린〉과 자궁 안에만,
세찬 물결은
오입으로만이
한강漢江이
강강수월래가
기가 막히고
눈물이 트고
하늘을 겹겹이
억만億萬 겹 안을
발발이가 바르르
수미산須彌山*을 오르고저—
가라앉은 하늘이
푸른 안개가
바다.

회사주의會社主義 월급전선月給戰線에
이상異狀 없으면
고맙지 뭐유 (뭡쇼!)
〈인후레〉가 〈쿠사레〉**

* 불교의 세계관에 나오는 상상의 산.
** '인후레'는 인플레이션으로, '쿠사레'는 핀잔을 뜻하는 일본말 '쿠사리'로 추정된다.

높은 자리서 좀 봐주슈
양계養鷄를 전축電蓄을 꿈꾸는 극소시민極小市民을!
육십만 대군을 외국잉여농산물을!
등에 업고 논을 가는 저 농군을!
울화鬱火가 타 내리는
절벽絶壁을 떨어지면
오히려 황량한 벌판!
마구 나라 난 놈들
용두龍頭들 탄두彈頭들 체 치차齒車들.
죽음도 체면이 말이 아니라
불멸이 사멸한다.

〈린컨〉이 천당에서
정감록鄭鑑錄을 펼쳐보니
외딸 자유가
개인
을 위한
에 의한
의
심봉사沈奉事를
정도령鄭道令을 섬기는 고을에서,
해설하면 폭발하는 〈다이나마이트〉며
현실 앞에서,
심청이를 미래나 계획計畫에게
선 좀 뵀으면!

절망에서 빼 먹은
곶감
꿈
너
나 할 것 있으면!
살 살붙이가
가까워서 사랑해서
흘리는 눈물 위에 덧없이 뜬 목숨!

거슴츠레 푸르어스름 푸릇푸릇
파란 하늘에
헤
해맑은 해가
한국 특수사정이
책임제責任制와 무책임 사이,
인비人秘라고 도장 찍힌 신비神秘라기에,
귀속재산歸屬財産 무역불貿易弗 종교불宗敎弗
이렇게 세 발로 걸어가다가,
꿈 밖에 주운 지성知性이
배신은 이미
목구멍 같은 포도청 같은 지상명령이라,
매음賣淫 수음手淫하다
초탈超脫 탈구脫臼하다
소녀少女를 꿈꾸다가,
아아 새로운 불평不平은 해묵은 불온不穩!

피상皮相을 대자對自를 애무愛撫하다.
실상實相에 즉자卽自에 사정射情한다.
살려고 생각하니
생각하면 못 사느니―
이상理想을 빼도
현실現實을 박도
홀로 못해 골로 홀로―.
아아 일념삼천一念三千,
고자리 구더기가
끓고 타는 벌집 불집이
중산中産이 중간中間에서
납작하게 엎드리어
예배禮拜를 보다
피를 팔고 살다가
양심良心(강도强盜) 미수未遂라
푸른 하늘 은하수銀河水
하얀 해골이
그것 보라고 갈채를 보낼 때,
되는대로
안 됐지만
되지 않게
우리가 서로 사랑 서로 송장이기에,
몽금포夢金浦서 빈대떡
서귀포西歸浦서 태풍 비바리.

괴물만이 목숨을
부지하는 고을에서
다소곳 웃으니까
두 눈깔이 정수리로—
허나 SUM결이 마음씨.
은밀하게 쉬지 않고
세포細胞처럼 남인南人처럼
흉당凶黨 역당逆黨 사당邪黨처럼
분열分裂하는 정의正義를 거쳐
날과 씨를 엮어가는
힘이 풍기는 향내
아아 공간다운 공간에서
숨 좀 쉬었으면!
푸른 하늘에 떠서
꼼짝 말고 참아라
참 참으로—
침묵이 쏟아지는
이 물보라
바다.

해인연가海印戀歌 10

가없는 원주圓周를 따라
해도 달도 별도
지구가 굴러 왔다.
해바라기 한 송이가
돌다가 지는
무게를 안은 하늘은
푸르고 푸르른 가슴을 풀어—
쓰다듬는 살결 너머로
은은히 반짝이며
거미줄 치는 인연因緣
법法
나머지는 감상感傷이 야합한
파리 거머리 누리.
스스로 두 볼을 매만지며
불화弗貨가 피는 불꽃 속에서
「이게 사는 게 아닌 게
아닌가? 아닌가?」
모래밭에서
식은땀을 마시며
죽임 살이 살림 죽이기!
여당은 항시 자유롭고
야당은 늘 보수당으로—

이렇게 뱅그르르
앉은뱅이 뱅뱅!
〈데모〉〈데마고그〉〈데마〉 DEMOGORGON!*
백의白衣를 백차白車를 백건白巾을
두른 겨레가
피는 붉어라.
허무한 실탄實彈이며
실한 목숨들이
꽃판처럼 판박히고,
소요騷擾 고요 꼬꼬요
미래서 물결치며 밀려오는 행동을
차안此岸에서 우리가 올라타야지!

구석에서 꽁하니
하염없이
고래를 용서하고
새우를 시새우는 버릇을 벗고저,
먹자 죽여라
죽자 판에서,
일어선 산더미
솟구치는 물결 위에
춤추는 의분義憤! 태양!
철鐵의 죽竹의 인人의 장막帳幕!

* 'Demogorgon'은 고대 신화의 마왕, 마신魔神.

막바지로 밀려들다
밀고 나간 벌판이며
들어먹은 정부政府를
〈로켓트〉에 맞은 달을 내뿜는 숨결!
경제혁명이여 자유로워라
자유여 의로워라 경제적으로.
천만에 목숨 말씀이
발탄 강아지 수작!
난쟁이 곰팽이 기간산업 위에 서서,
칼춤 가래춤을 배앝는 일리一理마다
천부당千不當! 무당 만萬 사람이
당당한 아직 오늘.
그 사람은 그 사람이 그 사람이고
나는 내가 나래서,
쓰러지기 전에는
쓸쓸한 사람끼린 말을 말라고
KONDOM이 막았으면
안 태날 목숨들이
아차 아슬 아찔하게
숨 쉬는 하늘 고을.
뱀 곰 이리 사자들이
꽃다운 꿈을 꾸며
나무들이 거니는 거울!
자유와 정의를
문화와 노동을 분열시키며

냉소하는 변증법이
황제처럼 독재처럼
꿈자리를 짓밟았다.

꽃은 그냥 불타고저
아우성도 몸부림도 없이 지는데,
가마가 없고 막아막아도,
가마 가마 지향성志向性이 움터 날 때에,
부조리가 끼리끼린 조리가 맞아
쿵쿵
꿍꿍이 끙끙
쿵덕 사망 쿵당 정당政黨
(가만 고요 히히 슬쩍 쓱—)
「혁명이란
총검이 찾아낸 관념이기에
실탄實彈을 가져야 빵을 갖는다」.
이렇게 HEIL MUSSOLINI.
아아 〈파리새인人〉은 파리 떼처럼
진리眞理에도 미美에도 선善에도 붙고—

아가미가 모래밭에 묻힐지라도
시시비비是是非非 가지 위에
다시금 깃 다듬어
날아야 할 하늘!
들숨에서 날숨까지

〈헤로데왕王〉이
자꾸만 지나가는 삼천리강산三千里江山!
콧등이 이승
발가락이 저승
천당과 지옥 사일
초침秒針이 어지럽게 흔들릴 때에,
붉은 입술 부푼 가슴 부드러운 손길이여!
넘어서서 일하면 온통 온몸이 빛!
신무기新武器가 우글대는 바다를 갈라,
겨레여 불사조不死鳥여 용龍처럼 물어 오라
통일을 평화를 번영을!
산봉우리처럼 연달아 솟아올라,
눈보라며 머흘머흘 구름을 뿜는 물결!
아아 태양은 죽음은 제 모습을 못 보고,
바다가 비추며 푸르를 뿐!

무극설無極說

그대를 마시면
코에선 찬바람이 돌지만,
가슴은 흐뭇하게
꽃을 만발하며 날린다.
힘을 놓아야
COGITO 간두竿頭에
모든 일이 이루어지기에,
응달을 업고
양지를 안아
태극太極은 극치極致가 없다.
그대가 이름을 배고
이름이 만물萬物을 낳고—
오로지 바람을 기대어
절로 불타오른 산에도
외로운 허공만이 어쩌면
젖꼭지를 물린다.

—《자유문학》, 1960. 5.

우주가족宇宙家族

눈물도 목숨도
웃음도 죽음도
같은 시냇물을 흘러 온 과일.
남달리 유달리
익기를 바라는 시간 밖에서—
산이여 걸어나 보렴.
네 발밑은 늘 하늘.
딸 같은 샘물이
펑펑 솟는데,
아버지가 두를 불꽃을
어머니가 길쌈하고,
우르릉 와지끈 짜르르 딱딱
아들 같은 천둥은
또 번개로
무슨 집을 짓는지.

—《현대문학》, 1960. 1.

삼선교三仙橋

큰 집 길갓집을
울타리 삼아
막다른 골목에서
가만히 산다.
(골목대장도
곤란하기에.)

우물 안에 가라앉은
두레박처럼
불꽃을 길어올릴
꿈을 꾸다가
잃은 넋이 간판이다,
거리를 가면.

비행기도 타지 않고
모내기도 하지 않고
하늘을 가는
신선神仙이란 모조리
도적놈들—
점을 칠까,
간장을 팔까.

바라볼 것은
(다리 밑 땅꾼도
간판이 있어.)
대폿집 지붕 위에
솟은 푸른 산
모진 꿈을 바람을
막고 솟은 산,
그 너머 놀에
하늘처럼 미친다.

소요사逍遙詞

악마가 비파琵琶를 떨구듯이
도읍을 떠나,
마흔을 바라보며
선선한 바람을 이제야 안다.

백합이 설레는
물결이 휩싸 안은
기암奇巖 괴석怪石 사이,
고요 안에 붉은
연꽃을 밟는 모습!

하얀 비단 올을
마구 찢으며 걸치며,
나뭇잎 사이를 남몰래 알몸으로
개울물이 반기고―

새벽은 수평선을 굽어보며
꽃구름 돗자리를
뭉게뭉게 두루 폈다.
그 너머에 떠 있는
도읍 그림자.

어찌 의젓하랴
불살라 사는 목숨이
어깨를 포개 얹은 봉우리처럼—
한번 떴다 감는 눈이
누리를 편다.

한일자一字를 껴안고

한일자一字를 껴안고
큰대자大字로 드러누워,
어머님께 무無로
절로 그렇게 돌아간다.
못난이 몸뚱어린
드리운 주렴珠簾,
한동안 스쳐보다
말아 거둬버리고,
이사해야지
뱃멀미를 멀리—
해를 따라 그렇지 인사해야지!

—《현대문학》, 1960. 9.

잿빛 하늘에*

잿빛 하늘에
뜬 나무는
머리채가
초록 초록빛.

흰 이빨을
백옥경白玉京을 드러내는
웃음결 햇살!

모두가 태나는
숫색시가
색실을 꽃수술을
머금고,
깃 다듬는 공작새
엷게 비낀 무지개가

가랑비에도
딴 하늘이고?

* 원문에는 '재빛 하늘에'로 되어 있다.

미소微笑

다문 입술
두 볼로 웃음 짓는 그대를
뭇하늘이 엄습한다.
푸른 연기빛 숲 사이를
가리마가 트는 오솔길.
헤서 헤엄쳐서
헤아릴 수 없는 별—
눈동자가 넋을
주다가 앗아가는
부드러운 산들 하늘 바람결.

제이창세기第二創世記

기진하며 보니까,
산을 덮고 피어가는
우리는 온통
불꽃 바람결.

바라뵈던 세상은
솜털처럼 날아가고—

눈과 눈
입술과 입술
가슴과 가슴
궁둥이와 넓적다리
발과 손
손과 손을
영원을 부비며,
다시금 내 입술은
그대를 씻는 소나기!

기진하며 보니까,
네 가닥 팔이 안은
우리는 산불 태풍
온통 불꽃 바람결.

머리를 누리를 묻은
그대 무릎이기에,

내 가슴에 손을 얹고
눈을 감겨라
새로운 먼동이
만상萬象이 트게.

「으응 으응
싫어요 싫어요」,
아아 하늘은 숫색시
〈니히리스트〉!

—《사상계》, 1961. 2.

현대시학現代詩學

내재율도 외재율도
해도 안 해도
없어도
좋은 무슨
나쁜 소리야?
야금야금 얌얌
아드득 바드득
꿀꺽
울렁
흑흑
때로는 아이쿠 에그머니—
우지끈
윽박지를
수?
좋은
수야!
입으로 머리로 가슴으로 몸으로!
허나 말로! 말로써!
꽃
꽃병이
달
달무리가

산이, 새가

바람이

춘향이

심청이는 고사하고

이미 임께서

노怒한 노래면

슬기로운 싹싹한 싹을!

내관內觀 외관外觀을

보는대로 바른대로만!

단장丹粧이 아니다.

모음母音 자음子音이

혈통血統을 뺀을 때

주마등처럼

의미가 달리고—

시간이다

사건이다.

주제主題가 있어야지

객담客談을 하지!

역설逆說 욕설辱說도—

사월혁명 행진가四月革命行進歌

배운대로 바른대로
노怒한 그대로
물결치는 대열隊列을
누가 막으랴.
막바지서 뛰어난 민족정기여.
주권을 차지한 그대들이여.
영원히 영원히 소리칠 태양.

새로운 지평선에
피를 흘리며
세계를 흔들었다
맨주먹으로—
영원히 영원히 소리칠 태양.

정의는 오로지 벌거숭이다.
어진 피, 젊은 피, 자라는 피다.
용감하게 쓰러진 그대들이다.
남산도 북악도 모두 보았다.
한강이 목 놓아 부를 이름들,
거리마다 목 놓아 부를 이름들.
영원히 영원히 소리칠 태양.

새로운 수평선에
피를 흘리며,
세계를 흔들었다
맨주먹으로—
영원히 영원히 소리칠 태양.

배운대로 바른대로
노怒한 그대로
물결치는 대열을
누가 막으랴.
막바지서 뛰어난 민족정기여.
역사를 차지한 그대들이여.
영원히 영원히 소리칠 태양.

제3부 『월정가』

육화잉태六花孕胎

내리는 하얀 눈을
꿈을 밟는데
구공탄 장수도 소복素服을 하고
여인들 입술은 꿀 먹은 붉은 꽃판!
숨 가쁘게 옥玉실을 마구 입고
굽어 오른 가로수 팔목마다
백옥경白玉京을 잉태하며 떨리는 맥박이여!
도시 이게 무슨 잔친데—
구두창 밑까지 하늘이 되는—
이런 다짐으로 너는 쌓인다

〈랑데부〉

마음에 꼭 들면
줌 안을 벗어나고
줌 안에 든 몸은
아득한 마음 구름

기다리는 일초一秒마다
붉으레 물들이며 뒤끓는 피여!

나래 죽지가 부서진 시대에도
순간마다 그대 품 안이고저—

이웃사촌……

이웃사촌, 아내와 사랑
피가 붙은 살붙이가
낙엽 진 시간이여!
눈부신 죽음처럼
눈에 덮여 서 있느니
차라리 알몸으로 뿌리를 뻗는다
태고太古까지! 노래하는 지하수까지!
아아 맹세하기 전으로
부활하는 사랑까지!

—《자유문학》, 1961. 6.

겨울에 산山에서

창자까지
끌고 나올 슬픔이
세월이 보아하니
인정人情이 안개처럼
피어서 퍼져간다

꼭대기까지
하얀 눈이 갈바랜 산들,
너희들은 외면하고
말이 없어라
어진 주인께
몸을 맡긴 양羊떼처럼
포근하고 흐뭇하여라

포고布告며 광고廣告가 나다분한*
거리를 시대를 돌다
자연스런 자기 안에 혈거穴居하고저
생각을 흐느끼다
생각 없이 느끼고저
외로움만을

* '자질구레한 물건들이 어수선하게 마구 널려 갈피를 잡을 수 없다'는 뜻의 형용사.

끝내 배우랴?

모든 존재가
귀양에서 풀리는 날엔
산도 마주 보고
나를 맞는다

—《사상계》, 1961. 9.

또 제이창세기第二創世記

부끄러움은
티끌세상 이야기

소용돌이 마구 치는
궁둥이며
깍지낀 넓적다리
그 사이서
하늘이 등솟음
바다가 꼽추춤 춘다

산정山精 수정水精 인정人情으로
부푼 고래실이여
젖가슴 이랑 이랑
젖물결 살결!

티끌 세상은
티끌만을 날리고
부끄러움은
뽀얀 밀물 켤물
바다가 먹고—
억만년億萬年 별눈초리
억만년 봄을

토하는 입술이여!
두 볼을 마주 대는
태고太古며 미래未來 무진장!
아아 무섭게 보드라운
첫물 천지天地에
고욤 젖꼭지!
수평선水平線 지평선地平線도
도루루 말린 채로
새순 돋는다

—《사상계》, 1965. 8.

사랑으로……

사랑으로
다시 태나고저
새사람이 되고저
그대를 만나면은
이상하여라

지나간 신음 소린
빛나기 위함—
한숨이 다한
아름다움이며
아아 수정水晶이 굴리는
샘물 소리여!

이상하여라
그 뒤에도 외로움은
젖꼭지를 물린다
노래를 준다
세상이 심지처럼
핏줄을 타오르고
우주가 은하수를 기울인다
아아 목을 축인다

별 너머 향수鄕愁

꿈 안에서는 향내 품은 내 고향
봄이 조는 내 고양이
잠자리에선
둥근 해와 배가 맞는
사랑을
별 너머 타향에
잃고 가는 마음 길을
은은히 이끄는 양
아아라한 향내 내 고향

—《신사조》, 1963. 10.

나는 어느 어스름

나는 어느 어스름
무덤에는 죽은 사람
거리에는 산송장들
갈대끼리 자라며
기대어 산다
아찔하여 우러를
눈을 휘덮을 하늘—
시내끼리 흐르며
목 놓아 산다
희망이 피 흘리는
이마 너머로
뒷걸음질
한 시간을
어린이가 쫓아간
메아리 따라
곤두박질
한 공간을
중력重力을 잃고—
우주는 꽃향인데
나는 어느 어스름

—《사상계》, 1961. 3.

알림 어림 아가씨

모든 일이 일일이
쌓이고 쌓여
결결이 거침없이 가 없는 물결

향香낭에 자재천自在天을
여며 넣은 그대여
둥근 해 생각—
생각해보기 전에
있어 보려고
솟아오른 태양이여

내가 동터 올라 사라진 뒤에
상아象牙살결 향香입김 보석눈으로
백합百合 손길 저으며
웃음 짓는 붉은 꽃잎 입술 사이로
삼계三界를 삼키셨다

무無에서 벼락 맞아
번개 치고 으르렁거리다가
아아 금강산金剛山이 일어서는 그 고요함이여!
지레짐작은
꽃다운 숫색시

그대 품에선
세찬 비바람도
꿈을 깨는 보드라움
아침 향香냄새

하얀 살결은
푸른 물결이 손을 젓는 바닷가라
돛을 달련다
만년萬年을 순간처럼 연달아 잇닫고
천년千年을 밤새도록 달이 비우게—

밀물이 밀어 올린
백사장에 조개껍질
그 안에 깃든 우주는
그대가 꿈꾸다가
가신 잠자리—
거울 울안에
한 떨기 꽃송이는
만萬 송이 등불!

그대는 순간은
아홉 겹 담을 둘러
아홉 겹 문을 열어
착하고 참되고 아름다운 마음만이
벌거숭이 몸만이

드나드는 대궐 안—
아아 구슬 같은 이슬 눈시울
아홉 겹 꽃잎 꽃판
꽃 수술 눈초리……

푸른 하늘이 강물로 더불어
어울린 빛깔에는
모든 일이 일일이
쌓이고 쌓여
티끌 하나 얼룩이지
눈물 하나 아롱이지
않고 없는데—

—《사상계》, 1962. 11.

좌우명초座右銘抄

세상을 바라보다
이는 불길은
스스로에 노할 때
꺼지는 등불!
아아 엎어진 동이처럼
잠잠하게 살 수야—
해도 달도 그 밑은
못 비추지만

그대는 내 가슴을……

그대는 내 가슴을
휘어감다가
어린이처럼 내가 잊으면
한없이 보드라운 어머니 손길—
가 없는 슬픔이
그대만큼 넓으랴 시름 있으랴
사르르 잠들 듯 깬다

바라보면 밝아오는 그대 얼굴은
끝내 감지 않은 내 눈초리 때문인가
또는 그대가 현신現身한 까닭?
하늘을 감싸 쥔 옷자락 물살
짜지도 깁지도 못할—

이슬을 함뿍
머금은 불꽃
불타는 꽃잎마다
선한 못물 눈초리……

버림받은 공주公主처럼
내 몸에 깃든 그대
아아 울지 않고도 울리는 가락이여!

무릎을 꿇도록
이렇듯 휘감기니
어쩔 수 없게
가벼워지는 세상.
사람 살림 사랑들은—

우주시대宇宙時代 중도찬中道讚

언제나 떳떳하게
가운데를 걷기는
칼날을 밟기보다
하늘에 오르기
우주를 꿰뚫기
보다 어렵다
도낏자루처럼
손에 잡히고
아득한 구름처럼
눈 안에 머흘대는
가운데를 은밀하게
목숨이 따라온다

이모저모가……

이모저모가
심청이 넋
허무가 파수 보는
눈을 숨긴다
꿈물결 꿈틀리게
우는 가락이
가녈피
고이는 그 고요함에서
새살이 향기로워
뒹구는 구름
생각은 하얗게
바닷가를
호며 달린다
이몽가몽……

영자影子의 안목眼目

한 줌 티끌 속을
신경神經이 뻗고
한 줌 그림자가
휘동그란 눈을 뜬다
어린이처럼—

그대는 복사나무
온몸에 쓴
꽃송이를 떨구어도
다시 이슬지는 꽃수술이
말없이 홍청대는
가락을 휘날린다

꿈 밖으로 솟아오른
산봉우리며
없고 있는 가운데서
부푼 젖가슴이여!
반생을 걸어오자
다가서는 어두움—

세파世波는 하늘에 치솟는데
우리끼린

바닷속
그 고요함
평화가 깊어서
야릇할 줄야!
모자마저 날아가고
두 팔을 추켜들자
굳어버린 허수아비
뼈와 살 사이를
달보드레 터오르는
푸른 하늘이여

입술에 하롱대는
영자 같은 웃음결
속눈썹에 아롱지며
이슬비 비껴가는
햇살 같은 눈초리가
내 목숨을 싸고도는
불기둥인데
나머지 반생에
실한 아름다움에
한 줌 티끌 그림자가
휘동그란 눈을 뜬다
벙어리처럼—

—《사상계》, 1963. 10.

찬가讚歌

그대는 말없이 새롭게
늘 서 있다
그대는 시간을 막고
공간을 빚어낸다
그대는 공간을 마시고
시간과 합쳐
몸짓을 잃는다
그대는 내 몸을 알려준다
그대는 내가 설 땅을
점지해준다
별들에게
자리를 잡아주는
그대이기에……

—《사상계》, 1964. 6.

포옹무한抱擁無限

그대를 부를 이름이
모두 낙엽 진 지금
그대로 들어오라
내 가슴 안으로—
두 팔을 펴든 넓이가
삼천대천세계三千大天世界보다
오히려 알찬데
우러르는 산봉우릴
달무리 꿈결처럼
발밑으로 아아 저승까지
굴리며 자랐다
자욱한 안개가
햇살처럼 비추는데
그대로 돌아오라
손이 발이 되도록
조바심을 다한 이때로—

—《문학춘추》, 1964. 6.

내가 다닌 봉래산蓬萊山
—김환기金煥基 화백畵伯에게

태양은
금金을 짓이기며
노래 부른다
쨍쨍 우는 봉래산을!

어머니
주름살을 파고 가는
세월이 서서
자꾸 흘리는 하늘

바래고 아쉬워서
드높이 드높이
푸르른 숨결이
가라앉은 청자靑瓷마음결이여

한산모시 눈보라
백자白瓷 살결 물보라가
부서지며 얼어 붙은
하얀 꿈나라—

아아 우주가 굽이친 산들
아아 내가 열리는 섬들

바다를 빛부시게
감싸 쥔 섬들 손들!

오천 년五千年
두루 흐른 미궁迷宮을
은은히 벗어나는
강물 눈초리가
깜박이지도 않고

피 엉킨 몸부림이
새로 태나며
피우는 꽃무지개
불꽃 다리여!

석류石榴

정수리서 우레가

불꽃놀이 하다가

창자가 드러난

석류 알알이……

비와 매미

비는 오히려 몸짓 잃은 장막帳幕
세계는 없다 나를 잊는다
햇살! 소생하는 화살!
이제 매미 소리가 퍼붓는 빗소리가
빛나게 가볍게 맴을 돌다가
점점 퍼지는 원주圓周를 따라
하늘에 번지는 물결……
치솟는 샘물
쏟아지는 매미 소리 빗소리가
무게를 잃는다

단풍丹楓

수집고
멍들고
한창 익어
자랑이고
아랑곳없는 듯이
푸르스름하다가
아무렇지 않게
그냥 시들며
가지가지 색색이
모두 드는 단풍은
어디서 태났는지?
나는 안다
나는 안다고
잎새마다 수군거린다

나체송裸體頌

나는 믿는다
그대 알몸을
성부와 성자와 성신이
한자리에 빛나고
피가 도는 진여眞如
그대 알몸을

그대 알몸은
도망온 노예가
빼앗은 닫집 용상龍床
갓 미역감은 포도송이 젖통이
칼춤도 잠을 자는
훈훈한 금지옥엽金枝玉葉
아아 앙가슴 혁명이여
꿈결 별이여

그대 알몸은
관세음觀世音보살
묵직하고 보드라워
신비로운 바윗덩이 궁둥이
한아름 안에
우주가 현신現身한다

—《월간문학》, 1971. 5.

바람과 나무

먹구름 사태가 난다
나뭇잎새는
한사코 펴덕이다가
하롱하롱
종달새처럼
깃을 떨다
가지에서 그네를 뛰다
바람을 뚫고 솟구칠까 하다가
끝내는 물결 같은 바람결에
의젓이 배를 몬다

빛

빛은 가벼운 것
나르는 눈초리
나를 일으키니
제풀로 가다
펑퍼지다가
단숨에 벗긴다
비 오는 면사포를!
아아 가득히 트는 신부新婦!
우주는 거울 뒤로
숨어버렸다

—《신동아》, 1964. 6.

야우夜雨

하늘에 차서
세차게 떨어지니
분명 노발怒發하였다

가는귀 바늘귀
구멍으로
꿈속에 든다

빗발은
양철 차양을
즈려밟더니
세멘트 바닥에도
입맛을 다신다
게염스레……
굶주린 고양이처럼

끝내는
모습을 숨기고
수數도 양量도
한限없는 소리만이
나를 휘감는다

—《월간중앙》, 1971. 3.

신방비곡新房悲曲

어떤 방房일까
눈초리가 창窓을 열면
번개가 친다
한사코 몸부림쳐도
가만히 있다
목놓아 불러도
소리가 없다
핏줄 속 뼛속으로
드는 꿈을
벗어 두었다
어떤 방房일까

—《신동아》, 1968. 4.

산山이 있는 곳에서

말도 움직임도 없지만
항시 나를 이끌어 온다
개울물은
그저 달린다
뜻하지 않게 살고
헤아릴 수 없게 쉰다
햇살과 구름과 바람결로 더불어
은밀하게 바꾸는 모습—
너는 하늘처럼 열린다
들판이 휩쓸다가
드러눕는다

용龍 꿈

「벗으세요」
「네
제가 벗겠어요」
빛으로 솟아오른
산봉우리
탐스러운 초월이여!
젖가슴은
우람스런 여의주如意珠!
용龍이 두 마리
으르렁 겯고 틀었다
우흐 우흐흐
그윽이 동굴을
울리는 소리
그리움과 허무虛無는
쌓이고 쌓여
육중한 질량質量으로!
산맥山脈 둘이
얼싸안고 누워 합쳤다
신神과 창부娼婦가
엇
갈리다 걸리고
얼비추다 포개질 때

수문水門처럼
새로 천지天地가 열리는 찰나!
보드랍고 볼룩하고 팽팽한 살결—
벌판 위에 던져진 나를
어쩌면 도道는
신神과 창부娼婦를
훤칠하게 꿰뚫고 간다!
언젠가 홀로 숨져야 할 인간들이여
이처럼 뽀듯하게 육화肉化된 공간
이처럼 즐거운 아아 영원을!
어루만져라
「갑니까」
「네」
「그럼 안녕히」

지리산智異山 찬가讚歌

어머니처럼
그대는 높고 넓어
골짜기에서
구름이 태날 만큼—
무릎 위에 나를 안았다

그늘에 앉으면
폭염暴炎을 토하던 해가
깜박이는 등불이 되고
환하게 밝아오는 잎새마다
오히려 시원한 만萬 송이 태양!

수풀이 초록으로
홈질하고 수놓은
아득히 파란 꿈속에
무리지어 잠자는 양羊떼
흰 구름이여!

한 가닥 실오리를
걸치지 않고
우람하게 해묵은
바위에 기대서면

자연 그대로
남자마다 지닌
자라 모가지가
흉하지 않다
아아 폭포瀑布를 입은 알몸!
더욱 무엇으로 치장하랴
어느 백운白雲
어느 진주眞珠 목걸이?
쏜살같은 물결이
온몸에 박하薄荷를
부벼 넣었다!

바람결이 불로초不老草다
마음껏 마셔본다
나는 박커스
나는 수선水仙!

온갖 소리 갖은 사연을
휩싼 개울이
삼천대천세계三千大天世界를
우르릉 울려 간다
어떤 집념이
이처럼 자재自在롭고
어떤 비밀이
이처럼 뚜렷할까!

어느 어리석음이
이대로 절로 늙어 간다고?
대지大地의 맑은 핏줄 젖줄을 물고
항시 자라고
영원토록 젊으리라

물, 바위, 수풀
이렇게 삼신三神이 빚어낸 그대를
힘들 바 없이
선선함이 받들고 있다!
우주도 진리도
빈틈없이 움직이는
생명이기에!

(1966년 8월)

—《현대문학》, 1968. 4.

지리산智異山 이야기

흔히 곰이 나온다
화전민火田民 자손들이 산다

낮잠 자다가 놀랜 곰이
밭에서 만난 농군을
발로 쓰다듬어
백스무 바늘
머리를 꿰매고 겨우 살았다

웅담熊膽 웅장熊掌으로
한몫 보려는 포수砲手가
빈 동굴 밖에서
곰을 만났다
얼떨결에 한두 자 사이를
총부리로 밀어 제치다가
방아쇠를 당겼다

한 방 맞고 달려들어
또 한 방!
뿌리에 발을 채어
쓰러진 포수砲手 옆에
곰도 누었다

해발海拔 이천二千
조금 모자라는 상상봉上上峰에
누군지 묘墓를 썼다
아름드리나무가
울창하게 햇빛을 가리는데
상여를 불탠 자국
짚신 몇 켤레
부락민 남녀 스물이
나물을 약藥을 캐다
둘이 실성했다

고무신으로
기승한 귀신鬼神을
때려눕히고
지친 둘을
메고 내렸다

채약採藥군 둘이
어느 샘터에서 졸다 죽었고
홀로 나물 캐던 아낙네는
비만 맞고 기진했다
지리산 무서운 영기靈氣를
아아 초가집 몇 채가 버티고 있다
그래도 등성이까지 밭이 오른다

농협창고農協倉庫도
자꾸만 산으로 기어오른다
그래도 삼을 심어
베를 짜 입고
사들이는 건
귀신이 싫어하는 고무신뿐!
동족끼리 싸우다 죽은
백골 더미가
아아 바위 그늘엔 그대로 있다

흔히 곰이 나온다
화전민 자손들이 산다

—《사상계》, 1968. 7.

지리산智異山 메아리

―정영호鄭英昊 형兄에게―

아침 해가
산마루에 턱을 고이면
초록마다
공작새 날개를 편다

시간이 나무처럼
까마득히 키가 자란다
수풀이
꽃처럼 아름답게
구름처럼 뭉게뭉게
피어오른다
담배씨 속이
메아리쳐 메아리쳐
가를 잃은 등성이가
길길이 펴지고
높고 넓어서
겹겹이 에워싸도
후련하게 가슴을 풀어놓는다
한 알 과일 속처럼 익어만 간다

단단한 차돌에서
물이 태나고

까딱 않는 바위에서
춤이 자라면
모든 소리는 하나가 되고
하늘과 땅 사이
한결같은 목청이
가득히 찬다
내가 하고 싶은 말도
오직 한 마디!

솟아오른 바위 위에 뻗은 가지는
하늘을 꾀어 받들고
노상 들여다보는 거울처럼
가까운 하늘이
지붕을 치면
별들이
알아보는 눈동자를
아로새긴다!

산짐승에 현신하는
불을 지핀다
빨강과 노랑 사이
귤빛과 노랑 사이
피어오른 불꽃은
파란 서슬을
부채처럼 펴들었다

갈라지는 바위에
내가 백열白熱한다
허울 벗는다

시간이 굽어 기울어
목숨이 굽이치며
빚어낸 골짜기가
이불처럼 숲을 덮는다
모든 잎새들이 속삭이니까
골짜기는 자지 않는다
골짜기는 죽지 않는다
노래가 구석마다
넘쳐흐른다!

산마루, 등성이, 봉우리들!
모두가 한몸으로
네가 걷는 걸음걸일 보고 싶었다
아아 물소리 바람 소리
그 숨결 그 힘줄로
너는 항시 달리고 있다!

안개가 끼면
휘황한 횃불처럼
곧잘 범이 비친다

—《월간문학》, 1970. 4.

설악산雪嶽山 백담사百潭寺

초록빛 초월超越이
빽빽이 둘러쌌는다
어느 병풍이
이처럼 아늑하랴
어디를 보아도 산하山河 무진장!
가슴은 가를 둘러
몇 치이기에……

깊은 산골 새로 한시를
보름달이 고요히 잔치하면
백담사 설악산이 달빛에 뜬다
새벽 다섯 시 엶푸른 하늘에
신비로운 연지여
아침노을이여!

호랑나비가
드나드는 절방이기에
산줄기가 들어앉은
그림자, 나의 그림자
마루 밑에선 도마뱀이 산다
사람을 꽃처럼
뜻밖에 숲 속에서 만나는 곳……

호오이, 호오잇, 끼, 끼,
쓰, 쓰, 쓰이, 쓰이,
뽀뽀, 호호?
새들로 치면
아무렇지 않겠지만
화식火食 먹은 사람은 알고 싶었다
온갖 피리 소리를 물고
사라지는 방울소린
헬 수 없는데

울멍줄멍 봉우리들
그 너머 가운데에
고개 든 봉우리가
더욱 아름다워
높푸른 하늘은
무게 잃은 바닷물!
수정水晶을 녹이는 맑은 개울마다
하늘과 구름을 싣고 달린다!

암무지개 아가씨

—경璟이에게—

모두가 떠오른다
솟아오른다
암무지개 숫무지개
아가씨 애동 아기씨
빛 부신 찔레 머리
장미 얼굴
땅빛 얼굴
초록빛 수풀 같은
초록빛 하늘이여!
땅처럼 둥근 얼굴이
보살처럼 어진 얼굴이
아가씨 애동 아기씨
꽃판 속에 예쁜 얼굴이
그냥 꽃송이로 열려 피었다!
파란 하늘빛으로
기다림에 그리움에
기름한 얼굴
볼 부비는 오작교
구름다리 꿈다리가
기대 있는 등 뒤로
뻗어 가는 하늘길이여!
암무지개 아가씨

애동 아기씨
꿈이 노을처럼
몸이 무지개처럼
피는 아가씨
날아온 불덩이
타는 가슴은
갓 태난 아침 태양
붉은 아기씨!
모두가 가득히 채워지는
모두가 꿈으로 지워지는
장미 얼굴
땅빛 얼굴
빛 부신 찔레 머리
암무지개 아가씨
아아 애동 아기씨!

(1968년 5월)

제주濟州 섬이 꿈꾼다

어머니 뱃속처럼
낯선 데서는
꿈이 익는다
귤이 익는다
백록담白鹿潭 속처럼
낯선 데서는
이름 모를 짐승이
알 수 없는 하늘이
잠들고 있다
숨 안에 목
목 안에 소리
소리 속에서
아아 한라산이 솟아오른다
여인들은
푸르른 고원高原을
주름잡아 입는다
해녀들은
고등어빛 물결 속에서
눈이 흩날려도
얼지 않는 몸뚱어리!
그 속에서 익어가는
귤빛 꿈, 황금 귤

열매 진 태양이여!
검은 머리채처럼
널려 있는 돌밭 사이엔
노란 유채꽃 홍금 돗자리
노다지 꿈자리 황금 돗자리!
그래도 검은 돌밭 사이를
망아지가 설깬 꿈처럼
성큼 뛰며 달린다
꽃나무가 받드는
여인들 어깨마다
제주 섬을 닮은 둥근 광주리
섬을 담은 둥근 광주리
둥근 광주리 안에
둥근 물동이
둥근 물동이마다
출렁이는 푸른 바다여!
어머니 뱃속처럼
백록담 속처럼
낯선 데서는
꿈이 익는다
이름 모를 짐승이
알 수 없는 하늘이
서로 낯을 익힌다!
(1968년 5월)

—《월간문학》, 1969. 10.

희방폭포喜方瀑布

소백산맥小白山脈 트인 목청
희방폭포여
젖 같은 어름 같은
하얀 말이 쏟아진다
우리는 신록新綠 바다를
바위로 비늘 돋친 길을
물고기처럼 헤엄쳐 오른다
우리는 고래 등처럼
능선陵線을 타고 가는
아아 개벽開闢 이야기!
번번이 새로 태난 알몸이
번번이 새로 옷을 갈아입는다
아아 명주 올을 날리는 알몸!
아아 쏟아져 흐르는 비단 매무새!
아무리 가빠도 시원한 숨결이여!
하얀 번개가 바위를 기워가는
저녁 어스름
그대가 부르면
골짜기처럼 봉우리가 노래한다
그대는 신록 바다를
기대 누운 무량수전無量壽殿
하얀 알몸이

햇살을 품는다
달빛을 뿜는다
소백산맥 고운 살결
희방폭포여
주홍빛 산다화山茶花
진홍 겹진달래
연분홍 진달래가
젖 같은 어름 같은
하얀 꿈을 쏟는다

개울

물과 돌이 합창하는
개울 소리는
빗소리처럼
하늘에 어울리다
하늘에 찬다
수풀은 모여들어
오히려 기도처럼
넋을 잃는다

—《문화비평》, 1971. 10.

나무는 즐겁다

말없이 서 있다가
팔을 벌려 반긴다
뿌리는 독수리 발톱으로
땅을 가로챈다
잎새마다 거울
거울마다 태양
태양이 산산조각
박살이 나도록 즐거운 바다여!
아아 머리채에 별이 깃든다!
꾀꼬리가 목청 속으로
가라앉는다

—《신동아》, 1969. 10.

바다

마음속을
양量으로만 몸짓하는
그대 목소리
넓이로만 가눈 몸매
젖가슴이여
태양이 금속金屬처럼
쩌르랑 부딪치며
황금 비단을 편다
그대 발치에서
하늘 끝까지

—《문학과지성》, 1970. 8.

나를 주면……

나를 주면
봄을
보는 힘을
그대는 준다

그대는
장마가 갠
하늘빛 얼굴
문풍지처럼
죽음을 찢고 솟는
햇살 웃음결!

그대
꽃망울이 열리면
나는 터진 풍선
어린이가 날리는
비눗물 방울—

그리고는
산이 꿈을 씻고
개울이 잠을 깨고
다시 빛난다

그대는 꽃망울
나는 눈망울!

나를 주면
봄을
볼 것을
그대는 준다

—《월간중앙》, 1970. 3.

혁명환상곡革命幻想曲

천하天下는 부황증浮黃症이
근본이니까
단군 할아버진
승천하셨다

「하늘이 보아준
감사監司가 못 보게
서울로 천당으로
빌어
먹으러 죽으러—」
「정미소를
양조장을
고리대금을 할까
동지同志가 아니라
유지有志라니까!」

복면覆面한 정의正義가
욕망처럼 사리다가
해를 달을
나라를 바다를 산을
송두리째 나락奈落으로 불덩어리로!
그대는 누구냐

힘에 겨운 천리마千里馬
아아 꿈자리만을
항시 달린다
「오백환五百圜이면
민의民意를 높이 들고
〈데모〉하겠수
여당與黨이여 정부政府여
나를 믿으슈
호적戶籍이 없지만
입대入隊시켜주」

〈아후리카〉 사람처럼
까맣게 그슬리고
SAHARA
불바다
단군 할아버진
승천하셨다

어떤 이는 UN
어떤 이는 〈메디컬
센터〉를 샘터 삼고—
아아 감지 못한 눈알에
박힌 총알이여!
혁명이란 말만은
해도 좋은 혁명이여!

봄마다
꽃수레를 타고 오는
헤로데왕王!
보릿고개여 부황증浮黃症이여
너를 뛰어넘을
천리마는 혁명은
아아 꿈자리만을
항시 달린다

—《현대문학》, 1961. 6.

자유自由

기쁜 일은 뜻밖에 온다. 우리 겨레는 몹시도 기다렸다. 견우직녀牽牛織女도 한 해만 기다리면 된다 했는데!

어떤 이는 기다리다 믿지 못했고 어떤 이는 기다리다 실성했지만 어떤 이는 기다리다 피를 뿌렸다!

눈물 없이 한숨 없이 꾸준히 일하다가 꾸준히 버티다가 세차게 싸우다가 천지가 개벽하게 마련한 분들!

그대로 하여 우리는 떳떳하다. 그대로 하여 우리 아들딸은 더욱 씩씩하고 더욱 아름답다. 그대로 하여 삼천리강산은 일어섰다 일어섰다.

먹구름처럼 흉상스런 구름처럼 일제日帝는 눈물지었다. 신神과 같다던 일제日帝는 원자탄을 맞았다 물러나갔다. 아아 너무나 높고 푸른 우리 하늘이기에 가뭇없이 티끌처럼 쓸려나갔다.

도시마다 시골마다 신작로마다 오솔길마다 잠을 깨고 뻗어 나간다. 간밤에 꿈꾼 이야기는 가위눌린 이야기는 잊어버렸다. 아침 이야기, 오직 시작하는 이야기뿐!

시작이 반이지만 반은 반이다. 항구港口는 보이지만 뱃길은 멀다. 등대가 비추지만 안개도 낀다. 비바람 벼락바람까지 많이 겪었다.

자유란 남처럼 우리가 자유로운 것, 서로 서로가 키워야 할 것, 공기空氣처럼 한시도 없어서는 숨이 막힌다. 항시 싸워서 얻고 얻은 만큼 사랑하며 영원히 영원히 간직해 간다.

백두산 머리처럼 동해바다 가슴처럼 한라산 이마처럼 무량수전無量壽殿 무량수전無量壽殿! 석굴암 속에서 웃음 짓는 보살처럼 사랑하며 사랑하며 영원히 영원히 간직해 간다.

기쁜 일은 뜻밖에 온다. 우리 겨레는 아직도 기다린다. 견우직녀 팔자도 알 수는 없다. 답답한 은하수 구름다리를 부숴 버리고 신방新房을 꾸밀 날이 있기는 있다!

달을 디딘다

억만년億萬年 바라만 보던 곳에
발을 디딘다
똘똘이도 이쁜이도
아아 천사天使조차 가슴 조인다!

네모난 땅을
둥글게 만든 컬럼버스여
지구地球가 자꾸만 좁아들기에
달나라로 넓혀가는
그대들이여

태백太白이여 소월素月이여
달이 이처럼 가까울 줄은
달이 그처럼 서러울 때도
달이 그처럼 즐거울 때도
미처 몰랐다

기적奇蹟 없는 기계機械가
귀신을 울리는데
마음속으로 사람 사이로
굶주림도 싸움도 없는
달나라도 가는 길은 아직도 멀다!

눈물도 한숨도 없이
빛나는 별들은 아직도 많다
기적奇蹟 낳는 사랑이
신神을 부른다
달나라는 오직 첫 번 나루터!

갈 데까지는 가봐야지
돌아와서는 또 가야지
억만년 바라만 보던 곳을
디디고 선다
똘똘이도 이쁜이도
아아 천사조차 숨을 죽인다!

안개

안개는 삽시간에 내 눈 앞을 메꾸지만 만져볼 수는 없다. 안개에 비길 때, 빗발은 핏발처럼 바늘처럼 솔직하다.

안개는 내 콧구멍이 벙벙할 지경으로 가까운 입김! 익숙한 얼굴! 그러나 도무지 말귀가 어둡다. 기가 차다, 기가 막힌다 함은 안개를 두고 한 말이리라.

우람하게 검은 나무 밑동이 불현듯이 백지장처럼 하얗게 바랜다. 아아 나는 대낮에 가위눌린다! 의젓한 바윗덩이조차 감쪽같이 뿌연 물김으로 만들어버리는 요술쟁이!

비는 맞아도 귓속말로 속삭여준다. 아아 죽음이 아니라면 뚜렷한 모습이 있어야겠다, 말이 있어야겠다. 그런데 말은 쌍둥이. 안개는 말문을 막는다.

—《문학과지성》, 1970. 8.

백설白雪의 전설傳說

습기 찬 눈이 내린다. 옮기는 발자국마다 끈적이며 미끄럽다. 하얀빛과 검은 빛깔 사이에 수없이 사이 빛깔이 깔린다. 가장 연한 빛깔은 눈 위를 가는 그림자……. 아아 그러나 하얀빛과 검은빛이, 하얀 솜과 검은 진흙이 이렇게 뒤범벅 두루뭉수리가 될 수 있을까? 두 볼과 귀 끝을 스치는 눈송이는 차갑기가 흡사 거머리같이 싫다. 그래도 나무여 아아 우거진 은세공銀細工이여! 금지金枝는 아니라도 흩날리는 옥엽玉葉이여! 시각視覺과 촉감觸感이 이렇게 갈라질 수가 있을까? 그러나 나는 하나다. 그리고 어떤 이는 이런 날에 귀양간 공주公主님을 생각할지 모른다. 〈아름다움이란 귀양 살기 마련이다.〉 이렇게 눈이 일러준다. 그렇다고 나는 눈송이처럼 부서질 수는 없다. 하얀 눈과 검은 진흙이 한 덩어리가 되었으니까…….

우리는 눈 오는 날이면 어쩔 줄을 모른다. 스스로 귀양살이에서 돌아온 것을 새삼 깨닫는 까닭이다. 스스로 귀양살이하는 것을 새삼 깨우치는 까닭이다……. 아아 그리고 어쩔 수 없는 그 모순에 내리는 눈처럼 말없이 무릎을 꿇어야 하기 때문이다…….

개의 이유理由

살결이 아니라 털결이 흡사 눈송이와 같다. 스핏쓰*란 이름처럼 주둥이가 뾰죽하다. 밖에서 돌아오면 채 앉을 사이도 없이 무릎 위로 기어오르다가 눈덩이처럼 온몸이 돌돌돌 뭉쳐지며 떨어진다. 눈덩이처럼 아프지 않다!

마치 첫사랑으로 껴안은 때같이 죽을 듯 되살아날 듯한 사이에서 저리도록 기쁜 소리가 목청 속에서 사뭇 구구대다가 구르기만 하다가 트일 새 없이 온갖 몸짓으로 자지러진다!

가려우면 날카로운 발톱에 침 칠하고 긁는다. 침과 발톱, 이상하게 색다른 두 가지 무기武器를 갖추었다!

아무리 귀한 손님이라도 낯을 가려 마구 짖는다. 아무리 다정한 사이라도 먹는 사이에는 얼씬 못하게 한다. 원수와 먹이를 보면 태고太古적처럼 법열法悅에 들어 정신을 통일한다!

잠들어도 쫑긋한 두 귀는 안테나 삼아 세워둔다. 콧김 씀씀이 이루 이르지 않는 데가 없고 빈틈없는 주의력注意力이 레이더망網과 같다.

되도록 납작하게 엎드리어 대지大地와 일치一致한 몸매로써 두 발로

* 스피츠spitz, 희고 입이 뾰족한 포메라니아종의 작은 개.

뼈다귀를 쥐고 깨무는 이빨! 구미가 당기면 명주 행주처럼 접시를 말끔히 훔쳐 놓는 혓바닥! 전쟁에 익숙하며 능히 평화를 즐길 줄 안다.

오직 애무愛撫를 청할 때만 비로소 쫑긋한 귀를 재우고 손을 핥아준다. 아아 경계警戒라는 마지막 깃발을 내린 셈이다!

이 때문일까. 너무나 아름다워 적막한 설경雪景에는 흔히 사랑스런 강아지가 보이는 것은! 뛰노는 눈덩이가, 뒹구는 눈덩이가 보이는 것은!

말

말은 모습을 보고 듣고 배고 낳는다
말은 생각을 보고 듣고 배고 낳는다
말은 느낌을 보고 듣고 배고 낳는다

말은
말이 없는 것을 위하여 산다
말은
할 말이 있을 때는
마음에 드는 나무처럼
많지 않다

아악雅樂
—중광지곡重光之曲—

슬프다 하면
너무 무겁고
무겁다 하면
너무 깊으다
하늘인가 바단가
흘러가는 가락인가
살별 떼가 날으는
밤을 다한 마음인가
넓어질수록
아아 홍청대는 공간이여!
가라앉아도
아아 싱싱한 시간이여!
불꽃을 튕기면서
휩싸고 돈다

—《문학과지성》, 1971. 5.

첫날 바다

첫날밤
벌거숭이 살결이
새벽처럼 동튼다
푸른 물결이여

가없이 간직한 젖가슴이
한창 부푸는 대낮
매만져 주는 물결 위에
둥실 뜨는 꿈결이여!

하얀 물보라가
머금은 웃음으로
손을 흔든다
태양이 사리는 눈동자는
깜박이지도 않고—

살고 싶은 아득한 섬은
아아 빛나는 속눈썹!
기름진 거울 위에 솟은
머루 젖꼭지를
입술에 묻다

—《문화비평》, 1971. 10.

아아 소나기……

아아 소나기

잎새마다 빛나게 떨리도록

하늘과 땅이

입 맞추며 지나간다

수선水仙의 욕망慾望

껴안을수록 감겨든다
보드라운 물살이다
아아 속속들이 비치는 살결이여!
그대 두 팔이 조여들수록
훤칠하게 시원하게
트이며 부푸는 내 가슴이여!
모두가 쏜살같이 사라지는
물거품 속에
꼼짝하지 않는 산봉우리는
몸뚱어리가 온통
쏟아지는 목청이다
아아 하얀 소리다!

—《문화비평》, 1971. 10.

너는……

너는 훈훈한 기운이면
알몸 아가씨처럼
껴안게 한다
마음껏 따스함에
잠기고 나면
너는 가을이 무색할 지경으로
시원하여라
너는 눈에 들어
가슴을 거쳐
머리에서 산다
너는 하늘처럼
가만히 있지만
항시 숨 쉰다

비 오는 오대산五臺山

빗발이 날은다
푸른 숲을 비껴가는
하얀 명주 올이다
세찬 바람결에
빗줄기가 나부낀다

내 오장五臟이
연꽃처럼
오대산五臺山처럼
열리다가 오문다

개울은 육중한
청록색 구렁이
흰 물결을 뿜으며
비늘을 번득인다
온몸을 으르렁!
꿈트릴 겨를 없이
그냥 달린다!

초록빛 산 뒤에
검푸른 산이 업고
구름을 거슴츠레

두른 봉우리……

빗발이 온 누리를
도리깨질한다!

싸리비로 두다린다!
나는 선선함을
황금 이삭처럼
밤새도록 타작한다

월정가月精歌

한 굽이를 돌아
이슬비를 맞고
다음 굽이를 가며
햇살을 안는다
산줄기 사이마다
새로 트이는 하늘!

선덕善德 진덕眞德
여왕 마마가
지금도 미역감는
개울물이여
흐르는 보석寶石이다
하얀 비단 송이마다
소란스럽게 용솟음친다!

여왕 마마
귓전을 스쳐
어깨를 넘쳐흘러
젖가슴을 덮는다!
수풀처럼 비치는
소담스런 머리채여!

손가락 사이를
헤어나는 물살!
발꿈치를
휩싸는 소용돌이!

불꽃 속에서
피어나는 아가씨가
받든 신라 범종 소리를
우렁차게 울려내는
개울물 소리……

차갑기는 적멸寂滅처럼
뼈가 시리다
맑고 밝기야
휘황한 햇살이
넘치는 보궁寶宮이다!

하늘에는 꿈아가씨
얼굴 같은 보름달
여울물은 그대로 은하銀河!
뭇별들이 베갯모를
감싸 흐른다

은세공銀細工 올올이
물결 짓는 수로부인水路夫人!

용궁龍宮이 넘실거려
산길 굽이굽이
항시 벗한다

(1971년 8월)

제4부 유고시집 『시신詩神의 주소』*

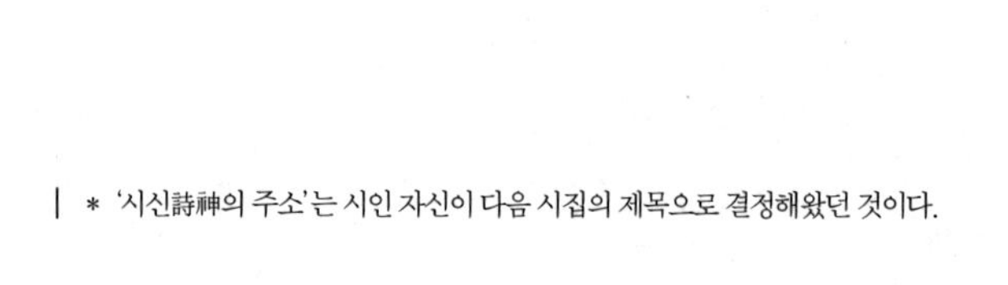

* '시신詩神의 주소'는 시인 자신이 다음 시집의 제목으로 결정해왔던 것이다.

똑똑한 사람은

똑똑한 사람은 딱딱해지기 쉽다
똑똑한 사람은 뚝 떨어지기 쉽다
똑똑한 사람은 딱 꺾이기 쉽다

—《세계의 문학》, 1978. 11.

뿌리와 골반骨盤

뽑아 제친 고목나무 크나큰 뿌리는 마치 내 좌골坐骨처럼 서린다. 뼈가 서린 내 골반骨盤과 같다. 살이 진흙처럼 뼈를 감싼다.

실뿌리 같은 핏줄이 엉키어, 이슬 먹은 거미줄처럼, 함치르르 머리채처럼 내 뼈를 휘감는다.

양기陽氣가 내 좌골坐骨에 앉으면, 아아 만물상萬物相이 공작새 날개를 편다!

내 머리가 등줄기도 줄기차게 뿌리박힌 골반은 만물이 두다리는 골반이 된다. 크나큰 뿌리는 돌이 서린 반석盤石을 내 골반처럼 휩싸 안는다.

―《세계의 문학》, 1978. 11.

아아 처음으로 마지막으로

아아 처음으로 마지막으로!

시인에게는 말뜻이 들린다. 말소리가 달린다. 풍경風景이 들린다, 정경情景이 달린다. 하늘이 들린다, 땅이 달린다.

시인에게는 머리가 달린다, 염통이 들린다. 핏줄이 힘줄이, 무성한 숲이 달린다. 뼈다귀가 바위처럼 들린다. 산지사방으로 뻗은 핏줄 속을, 마치 실개울처럼 피가 울리며 달린다. 아아 살이 눈사태 난다!

아아 처음으로 마지막으로!

—《세계의 문학》, 1978. 11.

내 몸은

내 몸은 명산名山이다
그대 몸은 대천大川이다
우리 몸의 살아가는 이치理致다
우리 몸은 도리道理를 이룬다!
우리 몸은 죽어가는 이치다
이치는 깨알처럼 쏟아진다
이치는 잠처럼 쏟아진다
그리고도 이치는 햇살처럼 쏟아진다

—《세계의 문학》, 1978. 11.

만대萬代의 문학文學
—「시인」제2장

—머릿골에 붉은 해가 뜰 수 있으랴?
말똥구리가 이름을 굴릴 줄야?

세상은 항시 탁하기 마련
시인은 항시 맑아야 하기 마련
맑은 세상이 언제 있었지?
탁한 시인이 언제 있었지?
그는 흐리자마자 세상이 된다
연대年代의 문학이 언제 있었지?
만대萬代의 문학만이 살아남는다

—《세계의 문학》, 1978. 11.

천지天地는 만물萬物을……

—이태백李太白을 위하여

천지天地는 만물萬物을 나그네 치는 주막—

세월은 백 년을 하루같이 지나치는 손님이다.

대지大地가 나에게 이따금 꽃다운 글을 빌려주지만

뜬구름 인생이 한낱 꿈결인데, 촛불을 켜들고 잠시 즐겨본들 얼마나 가랴?

폭포瀑布

—이태백李太白을 위하여

태양은 향로봉香爐峯을 비추기에
향로처럼 보랏빛 연기를 피운다.
아득히 보니 앞서려는 개울물을 폭포가 달아 맺다
날을 듯이 흐르며 곧장 밑으로 삼천척三千尺이다.
어쩌면 은하가 하늘 끝에서 쏟아졌으리라.

*

태양은 우주에게 향香을 피우는 향로이리라.
폭포는 개울물을 한 묶음 묶었다가 하늘을 쏘며 달린다.
폭포는 나른다 그리고 곧장이다!
폭포에서는 개울물이 은하로 다다르련다.
곧장 쏟아지기에!

계수나무는 이미 섶나무……

—이태백李太白을 위하여

살아남은 사람은 길손 나그네
죽은 이는 돌아간 사람
하늘과 땅이 한낱 주막인데
우리는 슬프다 만고萬古의 티끌이여
달에 사는 토끼가 약藥을 찧는다?
계수나무는 이미 섶나무……
하얀 뼈가 잠자코 말이 없듯이
푸르른 소나무가 봄을 알 수야?
앞서고 뒤따르고 한숨지을 뿐
뜬구름 목숨이 어찌 보배로울까!

폭포瀑布의 조화造化

—이태백李太白을 위하여

불꽃처럼 번개처럼 솟는 폭포가
의젓하게 새하얗게 무지개 진다
처음에는 은하가 쏟아지드니
하늘과 구름만을 반쯤 바쳐 수놓는다.
우러러볼수록 기운은 우렁차서
장하다 조화造化가 이룬 공功이여
구슬이 날리면서 안개가 가벼워라
물거품이 크나큰 돌을 때린다!
명산名山을 즐겨보니 사람이 싫다!
잠들고 싶은 데서 잠을 자고저……

모세관毛細管 속을……

달아 달아 밝은 달아
이태백李太白이 죽은 달아

*

모세관 속을 폭포수가 쏟아진다

그 속에서는 은하가 거꾸로 흐른다
그 속에서는 거문 머리채가 초록빛 숲으로 칠칠히 무성하다.*

*

달아 달아 밝은 달아
이태백李太白이 없는 달아

* 원문에서는 '무성한다'로 되어 있다.

누가 태양太陽을……

누가 태양을 세놀 수 있나?
신선神仙과 재벌財閥이 모두 꺾인다
봄바람이 불면 풀과 나무도
하고 싶은 말이야 다 해야지!
세월이여 진보進步여 나는 뒤진다
술과 노래로서 나는 기쁘다
서릿발은 사람을 물쓰듯한다
번쩍이는 번개는 갯버들을 휘감고……

절현산조곡絶絃散調曲

구름산山이 바다 위로 솟아오른다
사람과 사물이 거울 속에서 온다
내 웃음이 쓴가 단가 허탄함이여!
내 말을 알아들어 어떻게 했지?
아예 거문고 줄을 끊어버리고
영영 갈매기와 벗을 하리라……

(1978년 11월 20일)

산골 물가에서

산골 물은 깊어서 해쓱하다
그러므로 깊숙하게 숲을 울린다
천년만년을 살아온 소나무여
원숭이조차 제 그림자를 조상하는 낭떠러지
무지개처럼 당긴 거문고 줄이여
그러나 비파는 한숨결…………
손가락에서 사뭇 가락이 흥청댄다
이는 옛적인가 지금인가 아득히 올 때인가

이태백李太白의 시학詩學
—변주곡變奏曲

번창하는 왕도王道 같은 노래가 사라진 지 이미 오래다
내가 입을 다물면 필경 누가 펴낼까?
왕王스러운 풍도風度조차 이제는 덩굴지어 땅을 기는데
전국시대戰國時代에는 잡스러운 수풀만이 무성해간다
용龍과 호랑이가 서로 씹고 삼키며
싸움이 이어가다 끝내 다다른 미치광이 주奏나라여!
올바른 소리가 너무나 희미하고 아득하여라
구슬픈 원한怨恨이야 굴원屈原을 앞세우고
무너진 물결이 다시 솟구쳐
물줄기가 열려도 기댈 언덕은 있어야 하지……
연대年代가 만萬 번 흥하고 망했지만
헌장憲章은 이미 빠져버렸다!
한말漢末부터는 사로잡은 문장文章이며 수놓은 글귀들이 산더미 물더미……
나는 태초로 돌아가리라
천진天眞을 단벌 옷처럼 알몸에 입고
천하天下처럼 문장文章을 가다듬고 다스리련다!
맑아야 한다 알차야 한다
자위뜨는* 열매처럼 아기처럼
제물에 제대로 때가 와야지……

* '자위뜨다'는 밤톨이 익어서 밤송이 안에서 밑이 돌아 틈이 나다는 뜻.

때가 오면 용龍떼가 비늘을 번득인다
글과 뜻을 물고 하늘에 오르려고……
그제서야 무늬와 바탕이 서로 빛난다
별들이 아로새긴 가을 하늘처럼—
나는 깎고 펴낸다
천 년을 봄 햇살을 받고 비추게……
구태여 성인聖人을 바라볼 수야
기린麒麟을 잡으면은 붓대를 꺾으리라

말은 조물주造物主

말에서 개평 뗀다 운韻을 뗀다
말머리가 가슴이 꽁무니가 열린다
말과 말이 마음껏 껴안는다, 벌거숭이로……
말에서 딱지 뗀다 꼭지 뗀다
말을 혀끝바닥으로 만지작거리다가는*
끝내 배알게 마련이다……
왜 잠자코 있지 않는가?
말과 말이 주고받는 tongue to tongue kiss!
말에서 만짐새 앉음새를 만져본다 쓰다듬는다
말이 만질만질 몽글몽글 망실망실하다가는
급기야 화닥닥 후닥닥 훨훨 나르고 만다!
말이 어찌 무뚝뚝하랴?

—《문학과지성》, 1979. 2.

* 원문에는 '만지락거리다가는'으로 되어 있다.

말과 몸

몸에 붙지 않는 옷이 있고 말이 있다
그러나 몸에 붙는 옷처럼 말이 내 몸에 붙는다
마치 영자처럼 귀신처럼 붙는다
말을 거울삼아 나를 비춰본다
말 속에 있는 내가, 황홀한 내가 바깥세상을 비추어본다
짯짯이 나를 살피는 말이여
송송 구멍 뚫린 말문구멍이
내 몸에 눈입콧구멍이
귀목구멍을 송송 뚫어 놓는다!
말이야 많지만 말이 그렇지……
어디 입에 맞는 말이 많을까?
뜻이 게눈 감추듯 한다!
깊이가 감고 다무는 눈시울 입술……
내 몸은 문지방 문간방말……
열고 닫는 말문이기에
바깥세상 소문이 드날리는 문지방 문간방말에서
나는 나를 듣고 배운다

—《문학과지성》, 1979. 2.

말과 사물事物

새가 열매를 까먹듯이
말이 사물을 까먹는다
말은 나르다가 앉았다가 한다
사물이 나무처럼 메아리치게……

—《문학과지성》, 1979. 2.

내 마음에……

내 마음에 성性이 고인다
내 마음에 얼이 박힌다
나는 사물에서 얼빼을 뗀다
그러면은 내 몸에 맥이 박힌다

—《문학과지성》, 1979. 2.

장자莊子의 시학詩學

바보는 바로 보자기…… 보기……
그는 만물萬物을 본다 싼다
두루뭉수리는 밑도 끝도 없다
뿌리는 있어도 보이지 않는다
서로 앞서고 뒤따르는 물결과 같다
남녘에서 반짝
북녘에서 번쩍
제왕帝王들은 어차피 반짝이기 마련이다
그들은 금은보패金銀寶貝이기 때문이다
그들은 순간이기 때문이다
두루뭉수리는 마치 보자기처럼 보지 않고 자면서 만물을 두루 싼다
그에게는 눈과 귀와 입이 없다
그러면서도 그는 가장 높은 제왕帝王이다—
그는 가장 가운데를 다스린다, 말하자면 그는 노른자위다
그는 보고 듣고 먹기 전에 뭉친 기운덩어리
그는 아기가 되기 전에 뭉친 두루뭉수리
그는 있고 없기 전에 뭉친 마음뭉수리
그는 두루 도는 마음뭉수리…… 두루몸뚱어리……
목숨은 숨찬 물결이다
목숨은 숨찬 목덜미
달리는 말과 같다
목숨은 말 숨결 같은 말씀 물결이리라……

까치는 황홀한 보금자리……

까치는 황홀을 끼치는 황금黃金 돋보기…… 황금 돗자리……

금빛 과일이 노다지 사태 난 개울물 물결……

—《문학과지성》, 1979. 2.

왕王과 조물자造物者
—장자莊子를 위하여

왕은 왕이다
그러므로 티가 없어야 한다
그러나 왕은 인仁이라는 먹물로 내 몸에 자자刺字한다
정의正義라는 칼날로 나를 코 벤다
조물자造物者는 모두를 키웠지만 의義로운 체하지 않는다
덕택을 모두에게 두루 끼쳤지만 어질다 하지 않는다!
만고萬古보다 나이가 들었지만
아아 누가 늙었다 하랴!
하늘과 땅을 덮고 실었다
모든 모습을 아로새겼다
그러면서도 공교하지는 않다!
오직 부녀자처럼 나들이 간다
사시사철을 봄나들이 간다
나비처럼 호랑나비처럼……
어느 데나 모두를 꽃으로 안다
넘실넘실 하롱하롱 꽃송이로 삼는다……

—《현대문학》, 1980. 3.

사물事物과 사랑

말을 낫처럼 도끼처럼 벼린다
말은 사물을 벼농사 보리농사처럼 타작한다……
나무처럼 벤다
그리고 펄펄 내리는 눈송이처럼 모두를 덮는다 잠재운다
봄이 오면 모두 노래시킨다 자라게 한다
처음에 말이 있고 도리道理가 있었다……
도道가 몸을 밴 아담이여 선인仙人이여!
아리따움이 몸을 밴 이브여 아아 선녀仙女여!
그들은 결코 낙원樂園을 잃지 않는다
그들 사랑 앞에서는 마귀魔鬼가 숨을 죽인다……
사랑이란 어질디어진 마음—
사물을 벼릿줄처럼 사로잡는다 그물로 모두 모개로……

—《현대문학》, 1980. 3.

사랑의 물리物理

풀 붙인다 정붙인다
풀 떨어진다 정떨어진다
풀 쑤듯이 정을 쑨다
죽 쑤듯이 사랑을 쑨다……
죽이다 사랑이다
아니 밥이다
플라토닉하지 않고 끈끈한 풀이다
끈질기다가 여린 끈끈이……
더운밥이 찬밥이 되고 찬밥이 쉰밥이 된다……
정들면 물난리 난다? 물난리 난다?
아니, 불난리 난다……

—《현대문학》, 1980. 3.

도道의 생리학生理學
—장자莊子를 위하여

눈이 밝다 귀가 밝다 그러나 콧김은 세다 코침은 주고받는다
입맛은 달다 마음은 안다 잘 알면 덕德이다 말하자면 큰 기운이다

막히면 도道가 아니다 굳으면 도道가 아니다
숨통이 막히면 발버둥친다! 안다…… 숨결이 편하다……
도道는 밝다 통한다 뚫어놓는다 피를 돌린다 나뭇가지에 물을 올린다! 움돋아 싹트는 밑거름 밑둥…… 샘물이 숨어 스며내린 뿌리……

숨결이 세차지 못하다고 어찌 하늘을 헐뜯으랴? 하늘은 항시 뱀처럼 매미처럼 허물 벗는다 허울이 좋다?
하늘은 밤낮을 쉬지 않고 눈 귀 콧구멍 입구멍 마음구멍 알 수 없는 알구멍을 뚫어놓는다

사람은 오히려 마음이 막혀 알구멍을 모르게 한다 마음이 어찌 모든 몸구멍을 살펴볼 수야……
염통이 밥통이 빈 구석 때문에 저절로 제대로 제구실한다!
목구멍 마음구멍이 기지개를 마음껏 하늘껏 무지개 켠다……

내 뱃속은……

내 뱃속은 보이지 않는다 나는 모른다
내 염통은 보이지 않는다 나는 모른다
내 머릿골은 보이지 않는다 나는 모른다
송편을 빚듯이 내가 빚지 않은 내 몸뚱아리여! 마음이여!
(X레이는 X밖에는 찍지 못한다……)
나는 생각하지 않는 곳에서 숨 쉬고 있다

개는 실눈, 사람은 마음 올올이

우리 집 스핏쓰는 원래가 백설공주白雪公主 아니 공자公子이지만 어떻게 하다 보니 연탄장수처럼 검댕처럼 되어버렸다

집사람이 샴푸로 머리만이 아니라 온몸을 머리 미역감기고
참빗으로 참되게 빗어내어 다시금 백설공자白雪公子……

나는 내자에게 베이큰 기름으로 그에게 비빔밥을 대접하라고 한다. 그는 먹이, 밥에 대해서는 말귀가 몹시도 밝다.

그는 쫑긋한 두 귀를 쭈뼛하게 세우다가 드디어는 앞발을 포개놓고 실눈을 떴다 감았다……

白雪公子? 하얀 눈사람에(눈개가 어디 있으랴?) 오직 새까만 검댕이 세 개 박혔다……

개나 사람이나 눈을 부라리다가 회동그란 눈망울을 회회 돌리다가 실눈을 감는다……

마음은 조인다. 실밥 실마리처럼 풀린다, 마디처럼 맺힌다.
마음 올올이 회회 돌아 감기는 실타래 꾸리……

폭포수瀑布水가 하는 말씨

—이태백李太白을 위하여

폭포수가 날은다 안개가 낀다 꿈을 꾼다 구름을 갚는다

백척百尺을 열 곱절한 하얀 명주올 폭포수여!

사방을 에워싼 산봉우리는 붉은 바윗돌을 병풍처럼 펴들었다

(이 바람에…… 이 바람에…… 무슨 바람결일까?) 용龍이 못물 속에서 내뿜는 숨결이여!

밤낮 할 것 없이 바람이 일고 우레가 운다

여기서는 해도 달도 모두가 귀신鬼神 눈동자!

공중을 날으는 샘물, 치솟는 물보라는 허공을 채우려고 안간힘 궤적軌跡을 쓴다

아아 소나기 은하…… 은하가 장마처럼……

큰 섬 작은 섬이 어울리어 골고루 손가락을 펴면서

검푸른 물결이 물감처럼 솔질한 눈썹, 이름 모를 풀잎이여!

초록빛 연지가 어디 있는가?

해묵은 이끼가 두 볼처럼 상기한다 함치르르 윤이 오른다……

아아 안개가 날으고 꿈이 낀다!

꿈을 꾸면서 안개가 낀다

구름을 갚으면

꿈을 꾸어 준다……

용龍이다…… 지네다……

말은 누워 있는 장사壯士
그러다가 으르렁대는 용龍
말은 용틀임
결고 튼다!
지네 발처럼 엮어가는 용마름……
드높은 용마루
말은 지네처럼 공연히 발이 많다!
그러나 천룡天龍처럼 달린다 나른다
용은 시학詩學인가?
시詩는 지네처럼 설설 기어야 하나?
시詩는 무엇이고 학學은 무엇인가?
용이다…… 지네다……

사물事物의 언해諺解
—소를 잡는다 세상을 말처럼 놓치고 만다

백정이* 소를 잡는다
조화造化가 원래 빚은 그 모습을 따라서
마디마디 성긴 사이에서
부피 없는 칼날이 가락처럼 춤처럼
마음껏 실컷 논다 춤춘다
소를 잡지 않는다 소가 생긴 그 모습을 그대로 놓아준다 가려놓는다……
말이 사물을 잡지 않는다
마디마디 성깃한 사이에서
세상이 숫저운** 마디 사이에서
말이 부피 없는 가락처럼 칼날처럼 춤추며 노래하며 베어 제친다……
말이 칼춤을 춘다—
뼈에 붙은 살, 얽힌 힘줄은 어떻게 하나?
소를 각 뜬다 세상을 각 뜬다 본뜬다
칼날이 이지러진다 이가 빠진다
말도 사물에 부대끼어 이가 빠진다
말을 숫돌에 간다!
숫된 아기씨 마음돌에 간다!

* 원문에는 '백장이'로 되어 있다.
** '숫접다'는 순박하고 진실하다는 뜻.

소 잡듯 이 잡듯이 세상을 잡자……
세상을 말처럼 그만 놓치고 만다
지나간 세월을 새김질한다
지나친 세상을 새김질한다
말이 메아리친다 나를 세상을
말이 영영 나를 새김질한다……

말도 안 되는 말이지만……

말도 안 되는 말이지만 어떻게 듣고 보면 참말이 되는 말…… 진짜! 진짜말! 진주처럼 빛나는 말…… 참말씨…… 참외말씨…… 오이씨 말씨…… 씨가 먹은 말…… 말이 먹은 씨…… 뿌린 씨…… 말씨…… 땅…… 알몸 같은 알찬 말…… 억만億萬 개 활개치는 나들이옷……

딱따구리처럼……*

허수아비 알찬 어미 딱따구리!

지렁이는 굼벙이…… 느릿느릿 진흙 속을 기다가 흙으로 요기하고 황천黃泉 물을 마신다. 누가 지렁이 우렁이 속을 알 수 있으랴.

올빼미는 부엉이…… 왼밤을 눈망울에 불을 켜고 밤하늘을 우러러 부들 엉엉…… 얼을 빼놓고 만다.

딱따구리는 말똥가리 말똥구리가 아니다! 부리로 딱딱한 나무 가죽을 두다리면서 쪼면서 그 속에 숨어 사는 벌레로 요기를 해야 한다.

그러므로 이름까지 딱따구리가 된 셈일까?

우리는 무엇을 두다리며 요기를 해야 하나?

무쇠 같은 얼굴 가죽을 두다리면서 그 속에 숨어 사는 벌레를 쪼아먹는다?

무쇠를 쪼으려면 구리쇠부리?

우리는 지렁이 굼벙이 우렁이……

모두가 기겁하는 송충이 고슴도치?

올빼미 부엉이 매미 개미?

* 원문에는 '딱다구리'로 되어 있다.

허수아비 알찬 어미 딱따구리!

첫물 오이는……

첫물 오이는 아닌 밤중에 등불처럼 열린다, 빛난다.
아닌 게 아니라 아니할 말로
말이 나를 다듬이질한다
땅이 비 오듯 하게—
말방망이가 나를 피륙처럼 두다린다
나는 첫물 과일을 첫입 베무는 이빨……
젓꼭지를 덥석 물어 제치는 젓먹이 잇몸*!
꿈이 깨알처럼 쏟아진다……
말이 모든 주름살 구김살을 다듬질한다
몸과 마음이 더우면 다듬이질
차가우면 다리미질……
말은 스스로 놀라지 않고 나를 놀랠 뿐!
아닌 밤중에
그렇다 대낮에도 항시 홍두깨!
하늘과 땅이 오직 한줄기 한 포기
한마당 기운이다.
한바탕 꿈결이다.
아닌 게 아니라 아니할 말로
어느 마당 멍석에서 춤추어보랴?
한마당 기운에서 조물자造物者를 더불어 마전한다, 마당질한다!

* 원문에는 '입몸'으로 되어 있다.

말을 잊는다 나를 잊는다
아닌 밤중은 천진天眞처럼 애벌 가는 꿈길이다……

홀사람 짝사랑

홀수 홀사람
홀아비 홀어미가 아니다
홀사람이다!
짝어미 짝아비가 어디 있는가?
아아 홀사랑이 왜 짝사랑?
짝이 없는 사랑이 짝사랑이면
짝이 있는 사랑은 홀사랑일까?
수數와는 달리
사람은 홀과 짝이 뒤바뀌었나?
홀마음 홀몸으로 홀로 사는 사람이 홀사람이다
홀마음 홀몸으로 짝에 목마른 사랑이 짝사랑이다
짝지어 준다고 짝이 되는가?
홀마음 홀몸으로 홀로 살면서
짝사랑이 홀사랑에 곤지 연지 찍어주듯
아아 쌍쌍이 천만千萬 쌍을 바래고 산다
말씀은 한마디가 천만千萬이기에—

반시反詩 1
—족보族譜를 곁들인 문화론文化論

이 나라의 근대정치사近代政治史와 근대문학사近代文學史가 전혀 관계가 없을 수도 있지만, 공통된 점이 없는 것은 아니다.

근대라고 해도 두 가지 모두가 반세기를 멀리 뛰어넘지는 못한다. 그리고 우리 자손들이 이어받아 발전시킬 바탕을 굳건히 이룩해놓은 것도 그리 넉넉하지는 못한 형편이다. 말하자면 이 나라의 근대문화와 정치는 아직 나이가 차지 않았다…… 철부지…… 사춘기…… 아이도 아닌 어른도 아닌 「어색한 나이」……

「우리 것만 알면 된다!」 즉 소경문화면 된다!

「동양만 알면 된다!」 즉 애꾸눈문화…….

「서양 것만 알면 된다!」 즉 아비 없는 후레자식 사생아私生兒문화…….

천도天道와 지옥地獄을 위한 연가송煙價頌

불야살야
불여우 새밭여우
지옥이 없다면 만물이 없다
그러므로 운수를 알고 하늘을 즐긴다
만물과 내가 한 몸뚱인데 말은 여전히 남는다……
역시 입이 보배! 입이 서울!
그러므로 지옥처럼 만물은 나와 말을 더불어 태난 세쌍둥이……
아아 세쌍둥이…… 입이 열이라도……
사물이 입에 맞는 떡?
말이 만물을 삼키는 입인가? 지옥인가?
저승으로 흐르는 삼도천三途川인가?
하늘과 땅, 그리고 저승은 세쌍둥이다!
입이 광주리래도……
불여우 새밭여우
불야살야! 불야불야!
운수를 모르고도 하늘을 즐긴다

소요유逍遙遊

몸이 말을 안 들으면
몸이 하는 말을 들어야 한다
왜 소요산逍遙山이 있지 않는가?
소요유逍遙遊가 있지 않는가?
거닐다 노닐다가 바람 쐬며 시간 보낸다
목적을 노리면 모두가 허탕……
과녁빼기*는 가장 먼 타향他鄕!
과녁을 뚫으려면 목숨이 막힌다!
허탕칠 양으로 실속 수맥數脈 있는 내안산외안산內案山外案山**을 끼고 돌았다
말은 듣고도 못들은 체
하고도 아니한 체
많을수록 적은 것처럼—
만萬이랑 푸른 물결을 마음이 거닐다 몸이 노닐다 말이 물보라 친다!
실속도 수맥數脈도 왕청 만萬이랑 몸이랑 말이랑……

* 원문에는 '과녁배기'로 되어 있다. '과녁빼기'는 외곬으로 똑바로 건너다 보이는 곳을 뜻한다.
** 풍수지리설의 용어. 집터나 묏자리의 맞은편 정면에 있는 산을 '안산'이라고 하며 여러 산이 중첩되어 있을 때는 '내안산'과 '외안산'으로 구별한다.

액땜하는 낭떠러지

두루뭉수리는 입이 헤벌어져 잴 수 없는 공간, 끈적이는 반죽……
모든 일을 차렷걸음을 따라 차례차례로
처지지도 모자르지도 않게
마름질하는 도道는 노리개……
도리道理는 우리가 마른 옷감……
두루뭉수리를 치수 댄다 잰다 벤다!
우리는 낭떠러지에 다다른 사람……
풀리지 않는 직성—
누군지 빌미 잡는다
우리는 낭떠러지를 땜질하려고 한다
튀집 놓친다! 허물이 새처럼 날은다!
우리는 낭떠러지를 막으려고 한다
액때운다 액막이한다
귀막이 한다 눈막이 한다
액굿은 액달 액년 액나이……
수살막이 같은 액막이굿이여!
아아 산이여 들이여 개울이여!

제5부 그 밖의 시

사랑이 감싸주며

사랑이
감싸
주며
두려움을
가슴을
빼앗었다
지금부터는
내 마음이
그대것
이라고
용서
하기를—
맹서가
바람결
이라
살아
가
그때까지는—

—《한국평론》, 1958. 9.

까치

쪽빛 목도리
쪽빛 치마를 길게 끌고
젖가슴을 하얗게 드러냈으니
항시 반가운 손님
언제나 설날!

입맞춤을 껴안고
차돌에 부서지는
개울물 소리……

—《지성》, 1972. 2.

서西녘으로 지는 해는

서녘으로 지는 해는
아쉬움이 없는데
보랏빛 눈썹으로
눈시울을 붉히는 산맥山脈들이여

나무 소리 바람 소리
골짜기에 차는 꿈을
입고 서 있다

—《지성》, 1972. 2.

여의주如意珠*

—청화백자해룡문주병靑華白瓷海龍文酒甁—

호랑이는 불탄다. 용龍은 물결이 용꿈처럼 용솟음친다. 진흙이 호랑이 불을 먹고, 첫아기 난 엄마 젖통이 처녀 궁둥이, 천구天球 같다. 지구地球 같다. 구름 벗은 천녀天女는 알몸 아가씨, 천체天體처럼 하얗게 차가운 살결이여! 두루미 목덜미가 훤칠하여라.

용龍은 다섯 발톱으로 바다를 바위처럼 밀어 디뎠다. 포도알처럼 웃는 눈망울! 차돌처럼 박힌 이빨이여! 허공에 뜬 여의주如意珠! 으르렁 벌린 입속으로 온통 하늘이 든다. 비늘 돋친 육중한 몸매가 꿈틀이며 송두리째 바다를 휘감았다!

물결이 흰 꽃처럼 지는 바다, 물보라가 흰 꽃처럼 만발하는 바다, 여의주를 물면 바다를 벗고, 하늘로 구름으로 솟구치는 용龍을 담은, 첫아기 난 엄마 젖통이 처녀 궁둥이…

호랑이 불이 구워낸 용꿈이여!

공간이 안으로 안으로만 넓어간다
시간이 벌린 입과 여의주 사이만을 달린다.

부어라 부어라 영원토록 부어라
마시어도 마시어도 무진장이다

* 시선집 『나무는 즐겁다』에 마지막 시로 수록되어 있음.

술인가? 용꿈인가?

빛나라 빛나라 영원토록 빛나라
보아도 보아도 무진장이다
보름달 얼굴이 새 치장한다
흰서리 살결이 물결을 인다
빛이 용꿈처럼 용솟음친다

—《박물관지》, 1973. 1.

염화가染畵家의 노래
—서재행徐載幸 여사에게

나는 그리지 않는다
나는 물을 들인다
얼음장도 바다도
핏빛 꽃으로 불꽃으로
영영 지울 수 없게
물을 들인다

나는 붓으로 그리지 않는다
나는 비단 올이
아아 영원히 이어지게
푸른 서슬로만 그린다

태양은 금빛 비단
해바라기 피는 비단
하늘이 바다 속에 잦아들면
남빛 나무들이
포기포기 기도드린다
분홍빛 꿈결에서
꽃사태 난다

—《한국문학》, 1974. 3.

봄

부풀어오는 젖가슴에
스스로 놀라는 아가씨처럼
봄바다가 돌아눕는 가락을
어머니 삼고
불꽃처럼 뛰는 꽃송이
꽃수풀이 추는 불놀이……
솜털은 깊다
살결은 꿈결이다
눈망울이 여는 하늘을
다문 입술 사이로
실하게 보드라운 입술 사이로……

—《한국문학》, 1974. 7.

싫지 않은 마을

몇 바퀴를 돌아도
싫지 않은 마을이
호수를
푸른 장갑처럼 끼었다

어젯밤은
이따금 흔들리는
쇠풍경 소리에
잠이 들었다

오늘은
활짝 개인 날
달도 오월五月이다!
황소 울음소리가
한결 길게 사무치는
한가로움이여!

처마 끝은
제비가 스쳐 날으고
논에는
조개껍질 맞부비는
개구리 목청이 찬다

마음씨를 따라
저고리나 치마만은
빨간 여인들을
새순 돋는 뽕나무
익어가는 보리가
초록빛 물결 위에
소리 없이 띄운다!

뜨고 지는 종달새는
모습은 안 보이고
노래만이 들린다
날랜 탓일까
높은 탓일까

또 한 바퀴 돌아볼까
뻐꾸기 소리조차
멀지 않은 마을이
호수를
푸른 하늘처럼 입었다.

—《현대문학》, 1974. 8.

알밤 왕밤노래*

밤송이는 고슴도치
익기 전에 따려면 반드시 찔린다
밤송이가 열려야지 비로소 알밤이 떨어진다 왕밤이 떨어진다
떨어진 다음에 주우면 너무 늦는가?
주운 다음에 떨어지면 너무 이른가?
달밤에 떨어지는 알밤 왕밤이여!
달이 줍지도 먹지도 않는 알밤 왕밤이여!
알밤 같은 알노래 왕밤 같은 왕노래는 누가 짓는가?
그런 노래는 고슴도치 같은 밤송이 속에서 남몰래 자란다 익어만 간다……
그 노래를 담은 밤송이……
아아 찬바람이 일면 입을 다문다
마구 떨구면 오히려 밤송이에 달라붙는다
꽃송이 포도송이 밤송이 송이송이 송이버섯?
송이는 모두가 탐스러운 것……
어느 송이에서 노래를 따랴?
달이 냉큼 내려와서 주워 먹을 노래를—
밤송이가 짓지 못한 알밤 왕밤노래를—
알밤 왕밤 황밤—
보늬**도 껍질도 벗긴 노래를……

—《월간조선》, 1982. 7.

* 유고시.

가을은 새댁이 낳은 아들처럼***

밤 감 배 사과 석류石榴, 우툴두툴한 유자柚子까지 한몫 끼어 대나무 바구니가 넘친다

여무는 여름…… 열매 지는 가을……
따가운 가을 햇살에 모두가 다사롭게 살로만 간다 과일로 간다……

이울기 전에 시들기 전에 낙엽 지기 전에 왼통 불그레 취한 단풍처럼 온갖 열매가 오색무늬 칠보七寶단장 족두리를 썼다—

맵고도 빨간 고추가 햇살을 쬔다
어느 바다에서 몰려온 고등어떼……
새빨간 고등어떼……거짓말 같은—

빨간 고추가 새댁 연지처럼 햇살을 쬔다
풋고추가 익은 다홍 고추는 사뭇 화염火焰을 토한다……
갓난아기 남근男根모양으로 한결같이 다져진 선선한 불꽃이여—

아아 다홍 고추를 고기떼처럼 싣고 오는 가을은 항시 아들만을 낳는 가보다—

** '보늬'는 밤이나 도토리 따위의 속껍질을 뜻한다.
*** 유고시.

겨울에는 숯검댕이 붉게 이글대며 다홍 고추를 밤새도록 되새기리라……

겨울은 뜬숯 참숯 같은 딸만을 낳는가보다
다홍 고추 같은 불꽃을 만나야지 이글거리는……
우리 그루는 다홍치마가 앉혀주었다—

—《월간조선》, 1982. 7.

활에……*

활에 보름달을 화살 삼아 먹여도 화살은 빗나가지 않는다

—《월간조선》, 1982. 7.

* 유고시.

말과 생각*

죄罪를 입는다
고기 그물이다
시詩를 허물을 벗는다
시詩는 죄罪처럼 벗고 입는 옷인가 허물인가 허울인가?
몸뚱어리는 시를 죄처럼 옷처럼 입고 벗는다
물고기는 그물이 아니라 다만 물이다— 물에서 논다……
그는 한오라기도 걸치지 않는다
통발로 고기를
올무로 토끼를 잡고 나면
통발과 올무를 모두 잊는다—
말은 올무 통발……
생각은 토끼 물고기……
말을 잃는다
생각이 생긴다……

—《월간조선》, 1982. 7.

* 유고시

제6부 일기 및 시작노트

1978. 3. 21.

옥경玉莖이 말굽을 울리며

옥경이 말굽을 울리며
길을 바람을 달리고
(바람 같은 경마競馬가 어디 있는가?)
자궁子宮이 궁궐宮闕 안에 들어앉았다!

나는 있었다, 있어(지금)
나는 생각하니까
나는 리라다
나는 다리라
아아 답답한 데카르트여!

(그대는 돌았는가
원통圓通했는가
다만 원통만 한가
온통 길을 모르겠는가)

1978. 5. 7.

만해萬海는 「이별은 미美의 창조創造」라고 했지만 실상, 죽음도 미美의 창조의 일면을, 혹은 창조하는 원리原理의 한 부분을 지니기 마련이리라.

내가 생각하니까, 내가 있다. 데카르트는 후레자식이다! 아버지 어머니가 나를 나았으니까, 내가 있다. 신체부모지유체야身體父母之遺體也(예기禮記).

1978. 5. 30.

La poésie, c'est une déformation de l'univers.*

1978. 8. 1.

인생이 아니라 인체人體에 가장 중요한 소화, 배설은 의식意識과 의지意志를 벗어난 것이다. 생식능력도, 잠들고 깨는 기능도. 그렇다면 우리가 생명을 유지하고 자손을 만드는 데 가장 중요한 기능은 거의 모두 우리의 의식이나 의지의 힘이 미치지 못하는 영역領域에 있다는 말이다. 아아 식욕도 의식과 의지의 소관사항이 아니다. 그렇다면 우리가 생명을 누리는 데 가장 중요한 작용은 우리가 마음대로 뜻대로 할 수 없는 것이다! 따라서 데카르트 타도打倒!(해부학에 기초를 두었으니까 말이다.) 아아 또한 우리에게는 우리의 존재를 빚어내 주는 아버지와 어머니를 선택할 자유나 권리가 없다! 서양의학은 시체해부에 기초를 두고 《생리맹生理盲》인 까닭에 주로 사람을 병신으로 만들거나 죽이는 데에도 그 효과가 있는 성 싶다! 멈추면 매우 곤란한 심장心臟도 우리가 마음대로 뛰게 할 수는 없다. 아아 가장 부지런한 나의 심장이여, 내가 따라야 할 천도天道여! 천

* 시 그것은 세계의 변형이다.

도무위무불위天道無爲無不爲 (하늘은 하는 것도 없고 하지 않는 것도 없다.)

다음에 나올 내 저서명著書名『율곡栗谷 같은 분을 위하여』

1978. 6. 2.

서양의학은 천도天道(생리生理의 원리原理)를 모르고 인위人爲 만을 내세운다. 따라서 그것은 사람을 하루빨리 불행하게 만들고 죽게 하는 데도 매우 공헌한 바가 크고 또한 장차 크게 공헌하리라. 서양의학의 철학은 기계론機械論이다. 그러나 인체人體는 하루 이십사 시간을 단위로 하여 달라질 수 있는 생물체生物體다.

1978. 6. 6.

육체肉滯의 인식론認識論

심장이 뛰고 있으니까 우리는 살아 있다.
그러므로 살아가려면, 우리는 온몸으로 살아 뛰어야 한다.

1978. 6. 21.

지족전止足傳

극락세계極樂世界란
죽어야만 갈 수 있는
곳인 줄만 알았는데
학장學長만 그만두면
아아 살아서도
올 수 있구나
극락세계로!

1978. 7. 12.

나는 생각하지만……

나는 생각하니까 내가 있다. 이는 오직 신앙일 뿐이다. 「나는 하늘님을 믿지 않고 나를 믿는다」는 믿음일 따름이다. 어아 어찌 나를 믿을 수 있으랴! 나는 나를 살 수 있을 뿐이다! 그리고 나를 죽일 수 있는 것도 결국 나겠지만, 나를 죽일 수 있는 것이 어찌 나뿐이랴?

1978. 7. 24.

L'archéologie de la cuisine*의 필요성. 몸의 역사를 위하여. 몸의 역사도 마치 정신의 역사처럼 일생一生이 항시 살아 있다. 되살아난다.

* 음식의 고고학.

천재天才는 어떤 존재인가? 그를 알려고 하지 않는 사람에게는 냉담하지만 그를 이해하려고 하는 사람에게는 한없이 은혜를 베푼다. 실례: 니체, Bergson, Baudelaire, 萬海 韓龍雲, Paul Eluard, Francis Ponge, 栗谷, Maurice Merleau—Ponty, Gaston Bachelard, 다만 Sartre는 제외함.*

1978. 7. 28.

시詩는 말도 안 된 소리다.
시詩는 말도 못할 사정이다.

1978. 7. 29.

나는 시詩로 인생을 흠뻑 뒤덮어버리려고 했다. 그러나 인생은 야속하게도, 아니, 아아 다행스럽게도 알몸을 드러내기 시작하지 않는가! 이것이 아마 역易에 나오는 괘卦의 뜻일지도 모른다.

*

인생에 있어 가장 주요한 두 가지가 있다는 생각이 들고 난다! 들고 난다? 즉 만남을 말한다.

* 차례대로 베르그송, 보들레르, 만해 한용운, 폴 엘뤼아르, 프랑시스 퐁주, 율곡, 모리스 메를로-퐁티, 가스통 바슐라르, 사르트르.

행복한 맞음과 불행한 만남. 이것도 역시 괘卦의 뜻이 아닐지! (내 배에 맞는 술과 만나는 것도 역시 같은 뜻이다.)

*

만난다 — 행복도 만나고 불행도 만난다.

맞는다 — 행복이 아니면 회초리(즉 추상적으로는 행복, 물리적으로는 얻어맞는 것.)

1978. 8. 1.

전통의 COGITO*

우리는 서로서로 만나게 된다. 그러므로 우리가 있다.

1978. 8. 20.

서양시西洋詩에 있어서 이백李白과 두보杜甫는 누구일까? 아무래도 바이런과 위고인 것 같다. 모루어의 『올림피아 산山의 신神, 즉, 빅토르 위고의 생애』가 재미있다. 그의 시에서는 서사敍事의 시신詩神이 웅장하게 날개를 펼친다. 근대의 호머가 아닐까! 프랑스혁명과 시신詩神이 서로 껴안고 있는 그의 노래여! 상징주의 시인, 보들레르, 말라르메, 발레리의

* '나는 생각한다, 고로 존재한다cogito, ergo sum'라고 하는 철학의 원리.

세계에서 탈출하려면, 즉 내면세계와 역사적 상황을 융합하려면 위고—이백과 두보를 합쳐보려면 위고—즉 보들레르와 T. S. 엘리엇을 〈융통하려면〉 위고가 아닐까?

1978. 9. 2.

몸과 나이란 우리 모두가 어쩔 수 없이 쫓겨 들어가 보게 마련인 이상한 꿈나라!

1978. 9. 3.

생각과 자유란 우리 몸과 나이가 드리운 그림자, 그러므로 결코 마주 볼 수는 없다. 그러나 이들 알몸아가씨와 마주 서자, 맞서 보자!

1978. 9. 10.

말잡이 땅꾼
—태고시학太古詩學

말, 꿈, 몸은
몸, 꿈, 말이다
뼈다귀말은
말어머니,

엄마생각은
생각엄마다.

1978. 9. 14.

모든 감각의 부정맥不整脈 le déréglement de tous les sens(Rimbaud)* 은 새로운 시간과 공간의 창조를 지향指向해야 한다.

1978. 9. 15.

시詩는 말의 기강紀綱으로 인간과 세계를 형이상학적으로 빨래한다. 따라서 사람과 세상은 결국 빨랫감. 빨래하면 때가 없어져야 한다. 빨랫감이 때를 말끔히 벗어야 한다. 시간도 때! 역사도 때! 사람도 때! 아아 그러나 공간이여! 그대는 어쩌면 말쑥하게 빠져서 때가 없는가? 그대조차 때가 묻으면 시간이 때 없는 태고太古로 복수하리라! 때때 까까중? 기강이 말이 아니면 말은 엄마 젖꼭지를 찾아야 한다.

아아 눈사태 난다! 황금黃金 사태다!

1978. 9. 18.

흰 구름은 푸른 산이 목도리로 둘렀다

* 감각의 규제를 풀어라(랭보).

시인詩人의 말에 대한 감촉 혹은 촉감은 피아니스트의 피아노 건반에 대한 촉감, 혹은 바이올리니스트의 현絃에 대한 촉감과 비슷하다. 시인은 말을 앞에 놓고 생각하기보다는 말을 두드리거나 만져본다. 그는 말의 알몸을, 벌거숭이말을 만진다. 그런데 무엇으로 만질까? 아아 손이 아니라, 눈이 아니라, 뜻이 아니라, 결국 시詩로서 말을 발가벗게—즐거운 마음으로—발가벗게 하고 만져본다. 그렇다면 시란 무엇일까?

벌거숭이 누리 우주宇宙가 아닐지 모르겠다, 아아 그리고 말은 시에서 날개를 퍼덕인다. 말은 시에서 마치 공작새처럼 눈부신 날개를 펴들고 자랑한다! 그런데 공작새 날개에선 뭇 태양들이 소용돌이친다! 이 때문일까, 말이 시에서는 마치 제비처럼 때로는 독수리처럼 나는 것은!

1978. 9. 19.

아메리카는
하모니카!
나는 아메리카를 분다
나는 하모니카를 산다

*

시詩는 생선과 같다. 물이 좋아야 한다. 비린내, 피비린내, 시詩는 냄새? 내고 새는 것—그렇다면 피와 냄새—냄새는 내고 새는 것—피는 피어나는 것—꽃송이, 다발로 피어나는 것.

1978. 9. 22.

장莊(Jean, John, Johann—)
Zarathoustra—,
임子는
그런 말을 한 일이 없다—.

1978. 9. 25.

천재天才는 또 하나 다른 천재와 대결할 수 있는 사람이다. 실례 : The Quintessence of Ibsenism, G. B. Shaw, 1913*

1978. 9. 26.

도덕은 자연에게 맨 먼저 죄를 지었다(도덕의 자연에 대한 원죄!). 다음에는 종교가—마지막에 자연이 도덕과 종교에게 분풀이를 하기 마련이다. 실상 도덕이나 종교보다 자연은 깨끗하고 순결하다. 결국 자연이란 스스로 있는 그대로를 드러내기 때문이다. 도덕이나 종교보다는 예술이 자연의 이웃사촌이다. 양심적이라기보다 더욱 양심이다. 양良과 악惡을 앞섰으니까.

* 『입센주의의 정수』, 버나드 쇼, 1913.

자연은 선善과 악惡의 피안彼岸이 아니라 그것들을 앞선다. 우리는 이 경우에도 왕양명王陽明이 강조한, 혹은 유학儒學 전체에서 강조된, 앞과 뒤, 근본과 끝이 이루는 순서를(선후본말지서先後本末之序) 보살펴야 한다. 아아 결국 자연은 완벽한 예술가! 그것을 모르는 것은 자연이 아니라 사람의 책임이다.

아아 자연은 말이요 몸이요 꿈과 행동이다. 따라서 자연은 아무것도 아니라면 아무것도 아니지만, 만물이 일체一體가 된 어질 인仁이다. 자연은 꿈이 많은 잠이 아닐까? 잠이 많은 꿈이 아닐지?

1978. 9. 27.

생명

잠들면 잠잠하고
깨나면 번개 치며
우르릉 우레 운다

*

생각의 가장 귀중한 대상은 생명이다
생명은 생각이다
생각은 생명이다

1978. 9. 28.

한산시寒山詩와 D.H. 로렌스의 비교

*

시詩와 예술 그리고 종교는 결국 형이상중하적形而上中下的으로 마런 것에서 비롯된다.

1978. 10. 1.

Descartes와 D.H. Lawrence의 비교.
로렌스의 최후 설교.
Chatterley 부인의 애인
이십 세기의 논어論語
재미도 있고 그만큼 따분하고.
동물 중에서 가장 흉악한 동물은 사람이다. 사람은 미사일, 컴퓨터를 가지고 있기 때문에.

1978. 10. 4.

왕양명王陽明은 만물일체지인萬物一體之仁을 말했지만 나는 인체일체지인人體一體之人을 말하고 싶다. 사람의 몸은 하나이기 때문에 어질게 살 수 있다. 서양의학은 시체해부에 기초를 두고 있기 때문에 즉 인체를 하나의 기계로 보고 있기 때문에 잔인할 수가 있다. 아아 서양의학은 사람을 수술대 위에서 숨지게 하거나 식물인간의 조물주가 된다. 맥을 짚어라! 맥을 짚어보라! 인체의 맥을, 사회의 맥을, 자연의 맥을, 지구의 맥을, 세계의 맥을, 우주의 맥을 짚어보아라, 한 사람의 맥을 짚어보듯이. 인류사의 맥을 짚어라.

생명이란 결코 투명하지 않은 것이다.

1978. 10. 11.

인생에 있어서 〈간단한 것〉 〈쉬운 것〉은 〈아무래도 좋은 것〉과는 매우 다르다. 아마 하늘과 땅 사이만큼 다를 것이다. 그리고 〈간단한 것〉 〈쉬운 것〉이 하늘처럼 중요하리라. 그리고 〈어려운 것〉은 땅처럼 단단히 다져놓아야 되리라. 문명文明이란 자연自然에 손을 대고 칼질할 때에 비롯한다. 그러므로 문명은 자연보다 오래가지 못한다. 국파산하재國破山河在(두보杜甫)—나라는 풍비박산이 나도 산과 강물은 그대로 있다.

Freud는 인류에 대한 크나큰 원죄를 저질렀다. 성욕에 분석이란 이름으로 칼질했기 때문이다. 그가 성욕 혹은 사람의 몸을 만들어냈는가? 사람이란 자기가 만든 것도 제대로 모르는 건데! Freud는 유대인답게 그만 Messiah 콤플렉스에 걸리고 말았다. 예수가 그렇고 Marx가 그렇고. Freud와 Marx는 결국 물구나무선 예수 크리스트에 지나지 않는다. 성욕이란 생명의 가장 귀중한 촉각이다. 섣불리 손대지 마라. 섣불리 분석하지 마라, 분석하면 그야말로 나락奈落으로 지옥으로 떨어지리라. Freud의 말로末路!

1978. 10. 14.

우리가 매일 아침 세수를 하는 것은 반드시 얼굴이 더러워서만은 아니다. 세수하면 몸과 마음이 상쾌하기 때문이다. 우리가 목욕을 하는 것은 몸이 더러워서만은 아니다. 목욕을 하고 나면 몸과 마음이 조화調和 혹은 화음和音을 이룰 수 있기 때문이다. 그러므로 이렇게도 말할 수 있으리라. 우선 네 몸을 씻어라! 네 마음을 씻으려면은…… 인간이란 보인 것에서 보이지 않는 것에 다다를 수밖에 없는 까닭이다. 우리는 오늘날 매우 잘살게 되었다. 그러나 동서고금을 막론하고 마음까지도 잘살게 하는 것은 아직 해결하지 못한 과제임을 역사는 증명하고 있다. 실상은 이 때문에 인류가 아직 지구 위에 살아 있는 것이 아닐까. 그것도 끔찍하게 많은 인류가! 고릴라가 아니다. 오랑우탄이 아니다! 만물萬物의 영장靈長이—영장의 만물이!(영장이란 말을 Plato의 이데아로 본다면!)

몸은 만경萬境을 따라서 굴러간다—신수만경전神隨萬境轉

1978. 10. 18.

우리 육체의 구조 안에는 직선直線이라고는 하나도 없다. 이는 생명과 직선이 상극인 까닭이 아닐까.

그것은 말이 그렇지, 그것은 늘 하는 소리지.

말과 소리

말소리가 들린다, 말이 소리의 측면으로 기울면 뜻과 멀어진다—말뜻이 들린다!

1978. 10. 21.

내 몸은 명산名山이다
그대 몸은 대천大川이다
우리 몸은 살아가는 이치理致다
우리 몸은 도리道理를 이룬다!
우리 몸은 죽어가는 이치다
이치는 깨알처럼 쏟아진다
이치는 잠처럼 쏟아진다
그리고도 이치는 햇살처럼 쏟아진다

중화민국中華民國이 중화인민공화국으로—공산화되었지만 중화中華에는 변함이 없다.

1978. 10. 22.

맥脈의 의미론

모든 것을 뜯어보고 합쳐본다면 자연은(생물체는) 느림보다. 한낱 세포細胞를 만들기에 몇조 억 년兆億年이 걸렸다니.

포胞의 의미론

태포(태의胎衣), 세포細胞

1978. 10. 24.

문학이란 동인同人이 아니라 이인異人 혹은 개인이 해야 한다.

시詩는 수사修辭와 시학詩學으로서 시간을 무력하게 만드는 데에 그 본질이 있다. 시간에서, 말하자면 시詩 사이에서 시간이 죽는다.

어수룩한 시학은 번개 치는 시학이다.

1978. 10. 25.

물과 불. 모음母音은 같고 ㅁ과 ㅂ만 다르다. 따라서 ㅁ은 물이고 ㅂ은 불이다. 이렇게 보면 어머니의 머는 물이고 아버지의 버는 불이다. 여인들이 붉은 옷을 즐기어 입는 까닭은 무엇일까? 첫째는 꽃의 상징으로, 둘째는 월경의 상징으로. 불물이라고 하지 않고 물불을 가리지 않는다고 함은 여성이 남성을 앞선다는 의미가 있을지 모른다.

1978. 10. 27.

우리말—아버지는 한문漢文이며, 어머니는 우리말이다. 아들딸은 아버지 어머니가 누구인가는 알아야 한다. 이처럼 성姓이 다른 부모가(부모는 성이 달라야 한다) 낳은 쌍둥이—한쪽은 한문, 한쪽은 우리말, 그러면서도 한몸으로 태난 이상한 쌍둥이. 아버지를 모르면 후레자식 문학을 할 수밖에 없다. 어머니를 모르면 고리탑탑—답답하게 된다. 사지가 뻣뻣하게 된다.

1978. 10. 29.

맑은 잠

비단결 같은 잠결이여
명주 올이 눈사태 난다
그대는 꿈꾸지 않는다
그대는 말하지 않는다
잠이기에 잠자코 할 일을 한다
그대는 술 담배를 하지 않는다
방안으로 들지만 방사를 하지 않는다

1978. 11. 5.

이태백李太白을 타도打倒하기 위하여

모세관毛細管 속을 폭포수가 쏟아진다. 그 속에서는 은하銀河가 물구나무선다. 그 속에서는 검은 머리가 초록빛 숲으로 무성한다.

1978. 11. 9.

장자莊子의 시학詩學

내 마음에 성性이 고인다
내 마음에 얼이 박힌다
나는 사물에서 열뺌*을 뗀다
그러면은 내 몸에 맥이 박힌다

1978. 11. 10.

나의 생리학

머리를 베개 삼아 자고 물론 먹기야 목구멍으로 먹고 눈으로 귀로 말

* 시 「내 마음에」에서는 '얼뺌'으로 되어 있음.

로 생각한다.

발바닥으로 느낀다.

궁둥이로 발꿈치로 숨 쉰다

뱃속이 마음이다.

가슴은 염통이다

입은 온몸을 대신하여 말한다

코는 하늘을 마신다!

1978. 11. 11.

새가 열매를 까먹듯이

말은 사물을 까먹는다

말은 나르다가 앉았다가 한다

사물이 나무처럼 메아리치게……

*

칼날과 도道와 육체肉體가 만난다.

혁명과 진화進化. 혁명에 이르는 가장 틀림없는 길은 진화의 길이리라. 혁명은 의식의 테두리 안에서 놀지만, 진화에서는 의식을 넘어선 측면이 어쩌면 더욱 중요하기 때문이다. Revolution은 Evolution에 사사師事해야 한다. 사람이 하는 혁명은 자연이 만든 사람이 하는 하나의 장난—매우 있을 법한 장난이기 때문이다.

Evolution—밖으로 구른다.

Revolution—다시 구른다, 마구 구른다.

혁명—유학, 정치적

진화—도교적, 생물학적

1978. 11. 15.

나는 시詩를 쓰니까 생각할 수 있다. 나는 생각하니까 시를 쓸 수 있다. 그러나 생각은 시가 아니다. 시도 생각이 아니다.

나는 시를 쓰니까 살 수 있다. 나는 사니까 시를 쓸 수 있다. 그러나 인생은 시가 아니다. 시도 인생이 아니다.

나는 몸이 있으니까 시를 쓸 수 있다. 나는 시를 쓰니까 몸이 있을 수 있다. 그러나 몸은 시가 아니다. 시도 몸이 아니다.

그렇다면 시는 생각과 몸과 인생으로 더불어 어떤 관계를 맺고는 있지만 생각도 몸도 인생도 아니다.

시는 무엇일까? 이 물음에 대한 대답이 《확실치 않기에》 시는 계속 쓰여진다. 훌륭한 시인이 계속해서 나올 수 있다. 그러나 대답이 전혀 없다면 시도 시인도 없어지리라. 혹은 시인은 있어도 시가 없고 평론가는 있어도 시론詩論이 없어지리라. 시학詩學이 우리에게도 어느 정도는 필요한 이유가 바로 여기에 있다.

*

시학詩學의 이유理由

시학詩學이 나에게 혹은 우리에게도 필요한 모호하고도 결정적인 이유는 우리가 항시 새로운 만고萬古의 시를 바라지 않을 수 없기 때문이다.

동양의 무無—노장老莊
서양의 무無—MallarmÈ
서양의 존재存在—Rimbaud
서양의 존재存在—자연과학
동양의 존재—공자孔子
동양의 존재와 무—이태백李太白, 두보杜甫, 백낙천白樂天, 도연명陶淵明
서양의 무無=전쟁戰爭

서양에서는 존재와 무無, 문명과 자연이 단절되지 연결되지 않는다. 그러나 동양에서는 이 한 쌍의 대립이 서로 연결된다. 말하자면 의좋게 산다. 여기에 동양문명의 비극이 있고 행복과 희망이 있다. 동양 문명의 비극과 행복=자연과학이 발달하지 않았다는 사실! 이는 인류의 행복과 희망이다. 자연과학은 지금부터 어차피 전염병처럼 퍼지기 마련이니까 말이다.

1978. 11. 16.

참되고 훌륭한 시詩는 대학교수가 연구할 대상이 아니다. 그러나 이상하게도 훌륭한 시인은 후세에 나타나서 봉급을 받는 교수들의 연구 테마가 될뿐더러, 이러한 연구 덕분으로 시인도 교수도 피차간에 그 진가眞價가 드러날 수도 있다. 시인과 교수는 처음에는 원수처럼 외나무다리에서 만나지만 다음에는 다 함께 화려한 혼인식을 올린다. 그로테스크한 로맨스라고나 할까. 결국 모든 로맨스는 그로테스크한 것이 아닐까? 현실은 로맨스도 아니고 그로테스크한 것만도 아니기에……

1978. 11. 17.

홍수洪水가 나기 전에 두뇌頭腦를 무장해제해야지요

뇌력腦力은 노력의 길잡이…… 그러나 두뇌는 걷지 못한다. 발이 걷는다. 다리가 걷는다. 걷는 이를 돕는 이가 바로 머리다. 생각하는 머리를 돕는 이는 다리, 발, 발가락이기도 하다. 우리는 몸으로 살기에 정치적이다. 실상 정치의 본질은 정치가 아니다. 그러므로 몸이 보면 정치는 아무것도 아니다. 몸은 자연이기에……

1978. 11. 25.

문둥병은 여울물처럼 세찬 병이다.

허연 종기가 온몸을 휘덮는다. 얼굴과 사지四肢가 흉하게 일그러진다. 문둥병은 일그러지는 병……

문둥이를 몽둥이로 고칠 수야……

문둥이 몸뚱어리 뭉그러진 덩어리, 물때 썰때가 없는 덩어리……

물덤벙 술덤벙으로 살아가리라.

문둥이도 호락호락 낙엽처럼 죽기는 싫다……

무더우면 몸이 문다, 먹어야 사니까 이빨로 문다. 빚을 갚아야 살려 주겠지. 그러니까 문다……

1978. 12. 1.

말문… 눈시울

몸에 붙지 않는 옷이 있고 말이 있다

몸에 붙는 옷처럼 말이 내 몸에 붙기도 한다.

마치 영자처럼 귀신처럼 내 몸에 붙는다

말을 거울삼아 나를 비춰본다

말 속에 있는 나는 황홀한 나

바깥세상을 비추어본다

나를 살피는 말이 나를 짯짯이 살핀다

송송 구멍 뚫린 말들이 내 몸에 눈 입 귓구멍 콧구멍 목구멍…… 송송 구멍을 뚫는다

말도 많지만 없기도 하다.

뜻이 보이다가 숨어버린다.

……깊이 다문 눈시울 입술……

내 몸은 문지방 말 문간방 말 열고 닫는 말

바깥세상 소문이 들리고 보이는 문지방 문간방 말에서 나는 나를 듣고 본다…….

1978. 12. 3.

말과 인생과 세계를 이어놓는
보편적이고 공변된 Logos.
이 때문에 우리는 시대와 말과 나라가 다른 시인들의 작품을 마치 회화繪畫처럼 읽을 수 있으리라.

샘물처럼 운韻을 따낸다
운韻이란 울리며 화답하는 말소리,
말뜻……
펑펑 솟는 말샘물……
고인 다음에야 넘치는 말물줄기……

1978. 12. 17.

사물과 흡사한 무게를 지닌 한자漢字 혹은 한문을 만나면 우리말은 마치 뽕을 먹은 누에처럼 명주 올을 뽑는다.

말과 사물이 화촉華燭을 밝히는 일이 시詩라고 한다면 우리말과 한문이 신방을 꾸밀 때에 신랑인 한문은 차츰 모습이 사라지고 우리말은 새댁처럼 열두 폭 공단 치마를 편다!

*

말에는 필요한 시간과 공간을 주어야 한다. 말은 자연이면서도 인공

人工이니까. 연장이면서도 목숨이니까 말은 길어야 할 때와 짧아야 할 때가 따로따로 있는 법이다. 그러므로 말은 생물체生物體.

말은 마치 생물체처럼 길길이 펼쳐지기도 하고 오물거리다가 오므라지고 들고…… 그리고 제물에 오므리고……

1978. 12. 18.

말과 사물, 그리고 몸이 가지는 관계를 주제로 삼아 요즈음 한두 달 동안에 쓴 작품 네 편(「내 마음에」, 「말과 사물」, 「말은 조물주」, 「말과 몸」)* 을 한데 모아 「말을 위한 사중주四重奏」라고 제호를 달아 본다.

1979. 1. 11.

동양철학과 서양철학의 차이

동양에는 자연과학이 발달하지 않았기 때문에 철학에서도 증거를 댈 필요가 없다.(일례 장자莊子)

그러나 서양에서는 발달한 자연과학 때문에 철학에 있어서도 마치 과학에 있어서처럼 한없이 증거를 대야 한다.

자고로 동양에 있어서 사상가는 검사檢事가 없는 판사判事였고, 현대 서양에 있어서 철학자는 자연과학을 판사로 하는 검사, 혹은 피고被告의

* 이 네 편은 유고시집 「시신의 주소」의 편자가 부기한 것이다. 원문에는 「말과 물」로 보이나 「말과 몸」의 오식으로 보인다.

처리에 몰리고 있다.

*

자연은 건강의 원천이며, 인공人工은 병의 근원이다.

그러므로 의학醫學과 약藥이라는 인공으로 아무리 병을 고치려고 해도 결국은 헛수고로 끝나리라. 사람이 하는 일은, 즉 인공은 병 주고 약 주고 할 수밖에 없기 때문이다.

우리는 병을 받지 말자……

약을 받지 않기 위하여……

1979. 1. 27.

시詩와 노동자나 농민의 관계가 어떠하든지 간에 시는 모국어母國語의 진수眞髓를 무지개처럼 빛내야 한다.

1979. 1. 30.

새들은 들풀을
—이태백李太白을 위하여

새들은 들풀을 쪼아먹고 산다
아차 이운 뽕나무 속에 들어갔는데
군 흙 속에 위태로이 박힌 뿌리여!

봄이 오면 오히려 죽지 않는다
무정無情한 초목草木이지만
서로서로 기대어 여지껏 살아왔다
어떻게 된 셈일까?
같은 가지에서 잎이 트는데
더러는 시들고 가끔은 꽃이 피고—

1979. 2. 3.

생명은 직선코스를 가장 싫어한다. 탄탄한 길을 가장 싫어한다.
울통불통한 길을 좋아한다.
생명은 울근불근 그냥 그렇게 걸어가는 머나먼 곡선이다.
인생도 십 년 이십 년을 돌아가야 한다.
지름길은 없으니까 지름길을 가지 말고.

1979. 3. 12.

인간은 굴레인가?

자연이 가장 중요시하는 것이 많지만 그중의 하나인 성교性交를 도덕이 욕지거리로 대신하게 된 때부터—도덕을 믿지 않는 사람이—그렇다고 자연을 따를 수도 없어서—욕지거리로 대신하게 되자마자—인간은 고칠 수 없는 정신분열과 육체분열에 빠지고 말았다. 여기서 의학이 발달하여 미신迷信처럼 번창한다. 종교도 의학처럼 미신처럼—아니 미신은 가장 발달한 문명의 쌍둥이……공산주의와 독재주의는 실상 상당히 같은 것이지만 어중간하게 발달한 문명이 낳은 어슷비슷한 쌍둥이……

결국 인류가 아직껏 벗지 못한 굴레……

도덕도 굴레? 성욕도 굴레?

자연도 굴레?

인간이 자연인가? 자유인가? 굴레인가?

1979. 3. 17.

위장胃腸은 무지개

나는 생각할 때 반드시 위장胃腸과 상의하기로 했다. 내 양과 창자는 내가 생각하는 대로는 움직이지 않기 때문이다. 아마도 그들 나름으로 생각이 있는 모양이다. 즉 그들은 자연의 사고방식을 따라서 움직이는 것 같다. 그들은 음식이라는 외계를 받아들여서 내 육체라는 내계內界의 생명에 필요한 것만을 골라서 소화하고 나머지는 모두 배설한다.

양과 창자! 그들은 이처럼 내외를 조화하는, 나와 사물이 일체一體가 되는, 천지天地와 나 사이를 이어주는 바로 무지개! 구름다리! 내 목숨을 하루하루 나날이 이어주는, 그러나 보이지 않는 아아 무지개 구름다리……

1979. 3. 25.

가운뎃다리

남근男根은 운동하는 뿌리…… 따라서 가운뎃다리 양다리 힘에 걸친 가운뎃다리……

가운뎃다리가 뻗치면은 머리가 잠을 깬다. 머리가 잠을 깨면 그는 곤히 잠들고 만다.

정신精神을 박치지는 않는 박차拍車……
Penis……Clitoris……폭포수瀑布水……Ach……Kitzler……Kitzler……Küssrei……Kuss*

……꿈꾸는 소나기…… 비 오는 입맞춤

그가 어찌 무람없으랴?
그가 어찌 무럼생선이 되랴?

1979. 4. 3.

하늘 아리숭……

* Ach는 '아아', '오오' 같은 감탄사, Kitzler는 '음핵', küssrei는 '퍼붓는 키스', kuss는 '입맞춤'.

생명이란 신작로新作路 같은 직선이 아니다. 모서리가 아니다. 후미진 알 수 없는 곡선이다.

알쏭달쏭한 직선이다. 곡선이다.

이것을 중용이라고 했고 도道라고 성性 혹은 명命이라고도 했다.

천명天命이란 알쏭달쏭 그러면서 하늘처럼 뚜렷한 모습이다. 아리숭 하늘…… 하늘 아리숭……

1979. 4. 11.

말맛의 시학詩學

입맛 말맛이 난다 든다
입맛 말맛이 당긴다!
밥맛 말맛이 잠처럼 달다
입노릇……말버릇……
말노릇……입버릇……
말내낸다 입내낸다
왜 말을 내는가?
맛처럼 들지 않고……
입덧 말덧이 말끔히 가신다
말다신다 입다신다
말길 입길을 닦아놓아야……
입씨름 말씨름이 맞춤을 춘다

1979. 4. 14.

사람이 터득할 수 있는 가장 높은 슬기—그중에서 시간과 관계하는 것만을 골라 본다면 시간을 자기편으로 이끌어 들이는 예지를 꼽을 수 있다.

학문도 그렇고 예술도 그렇고 벗도 그렇고 건강도 그렇고……

1979. 4. 20

음각양각陰刻陽刻

오랜동안 쌓이고 쌓인 빙하氷河처럼
뇌수腦髓가 은밀히 자위뜬다
눈매 입매가 제모습을 갖춘다
눈망울 흰자위 검은자위가 제 빛을 띄운다……

1979. 4. 22.

쌍계곡雙溪曲

가리산…… 지리산
가는 향방…… 지는 방향
갈팡질팡……

가리사니를 믿어

두억시니*……
잡동사니가 된다?
지리산은 가릴 수 없는 산……
가서 살아야 할 산……
가리산 가리사니
두억시니 두수없다……

지리산…… 가리산
지는 향방…… 가는 방향
질팡갈팡……
가지 않는다 지지 않는다

1979. 4. 27.

와룡장자臥龍壯字**

누워 있는 용龍처럼 힘이 서려 있는 글씨
말은 누워 있는 장사壯士
그러다가 으르렁대는 용龍
말은 용트림

* 두억시니는 모질고 사나운 귀신의 하나.
** 유고시집 「시신의 주소」의 편자는 이 단장을 시 「용이다…지네다…」의 초고라고 부기하고 있다.

겯고 튼다.
지네 발처럼 엮어가는 용마름
드높은 용마루—
말은 지네처럼 공연히 발이 많다—
그러나 천룡天龍처럼 달린다 나른다
용龍은 시학詩學인가?
시詩는 지네처럼 기는가?
시는 무엇이고 학學은 무엇인가?
용이다 지네다……

1979. 4. 29.

말의 혈연血緣

말은 어머니소리가 아들소리를 안아주어서 된다
아버지는 대개 딱딱한 한문漢文으로 말씀하신다
그러면은 어머니는 아들딸 손을 잡고 이를 풀어준다
어머니는 말을 해산解産한다
어머니는 말을 낳고 푼다……
말과 몸에는 항시 피가 돌고 있다……

1979. 4. 29.

참된 것은 고명딸처럼

멥새 참새가 있지만
멥쌀 찹쌀이 아니다
참된 것은 차진 것
에부수수하지 않다
부서지지 않는다……
참깨를 짠 참기름처럼
모두를 고소하게 함치르르……
어찌 짜기만 한 소금에 견줄 수야……
으뜸가는 고명
고명딸…… 데릴사위……

1979. 4. 30.

몸말꿈

몸말꿈…… 꿈알몸……
몸은 말처럼 꿈속에서 꾸는 꿈자리……
그러나 말은 몸처럼 손으로 만져볼 수 있다
말처럼 먼 몸이여!
몸처럼 가까운 말이여!

몸이 죽으면 말이 끊긴다
말이 없으면 몸이 기가 죽는다……
꿈말몸…… 몸말꿈……

1979. 5. 5.

달 뜬 마당에서 홀로 마신다
—이태백李太白을 위하여

새들이 속삭이면 노래가 되고
천千 송이 꽃이 지면 비단결 대낮이여!
누가 봄을 홀로 견디어내랴……
저 길을 마주 보고 마셔야 한다
막히고 통하고 짧고 처지는
조화造化를 애당초 따를 수밖에……
술단지를 하나만 비우면은
목숨과 죽음이 가지런…… 나란하다!
어차피 낱낱이 모든 일을 살필 수 없다……
취하기에 하늘과 땅이 꺼진다!
외로운 베개만이 우두커니 기다린다……
내 몸뚱어리조차 있나 없나
모를 지경 즐거울 지경이 으뜸이다
꼬뜽간다!

1979. 5. 13.

산다 판다 죽어도

원망을 산다
미움을 판다
사랑을 산다
비웃음을 판다
그래도 싸다
죽어도 비싸다!

1979. 5, 15.

도道가 맞는다

말을 따른다 몸을 따른다
말과 몸이 눈이 맞으면
몸과 마음이 배가 맞는다
마음이 몸을 따르다가
도道와 배가 맞으면
마음과 몸이 눈이 맞는다……
눈이 맞는다 배가 맞는다
도道가 맞는다……

1979. 5. 15.

잠은 과일처럼…

잠은 가장 거룩하다 잠들면 말을 하지 않는다 대소변을 보지 않는다 눈을 감고 아무것도 보지 않는다 잠귀가 밝으면 설깬 잠이다 설익은 잠이다 잠은 과일처럼 설고 익고 한다 그러므로 자연이다…… 잠은 과일처럼 익어야 깬다…… 깨진다……

죽음을 깨우친다…… 깬다……

1979. 5. 16.

길흉吉凶의 시학詩學

길차고 빈다
길길이 뛴다 긴다
길을 간다
길吉은 갈 수 있는 길이다
흉凶은 막힌 길이다
흉한 재앙이여
요사한 흉년이여
흉하고 길한 조짐은 알 수가 없다!
낌새 본다 눈치챈다

눈치 본다 낌새챈다

1979. 5. 17.

삼만육천三萬六千 밤을 내내
—이태백李太白을 위하여

가을 이슬은 옥玉처럼 희다
뜰 안 나뭇잎 풀잎에
동글동글 방울져 맺힌 구슬을
지나치면서 문뜩 보았다!
유달리 빨리 다가선 추위
올해도 다해감으로 서러워한다
목숨은 단숨……
눈길을 스쳐 가는 한 마리 새……
어찌하여 그 새를 매고 묶는가?
만사萬事를 그만해두어야지 시름없지만
그렇다고 송두리째 제쳐놓을 수야……
갈수록 태산太山을 오르려는가?
사람마다 마음결은 파도치는 물결……
세상살이 길몫은 구비구비
구불구불 구불퉁구불텅 구비치기 마련……
백 년을 살아도 삼만육천 일三萬六千日!
아아 밤마다 촛불을 밝혀야 한다

삼만육천 밤을 내내……

1979. 5. 20.

이태백李太白의 시詩가 나에게 공감을 주는 것은 우선 그가 위대한 Colorist인 까닭이다.

나는 그와 같은 Colorist에 보태어 우리말이 지닌 노다지 음악성을 캐내야 한다. 따라서 나는 한낱 광부鑛夫, 광군……

1979. 5. 29.

겨울 까마귀가

—이태백李太白을 위하여

맑은 가을바람이여
밝은 가을달이여
낙엽이 모이다가 다시금 흩어진다
겨울 까마귀가 깃드리면서 자꾸만 놀랜다
서로서로 생각하고 서로 보아도 서로 알아볼 날이 며칠이 되랴?
오늘 밤 지금 내 마음을 무엇으로 모습 하랴 어떻게 본떠서 낼까?
본이 있을까?

1979. 7. 9.

말은 무엇일까?

말에는 뜻이 있고 소리가 있고
법法이 있지만 그 사이에서
메아리치는 헤아릴 수 없는 얼굴이 있다
시인은 소경처럼 말을 더듬는다.
그러면은 천리안千里眼처럼 말이
관상觀相을 드러낸다!
아니 천리마千里馬처럼 달린다……
말은 손인가 눈인가 누가 타는 말인가?

1979. 8. 6.

땀이 비 오듯 한다 꿈이 비 오듯 한다

1979. 8. 7.

하늘과 땅이 오직 한줄기 한 포기 한마당 기운이다
한마당 기운에서 조물자造物者를 더불어 논다

1979. 8. 12.

한숨 돌린다
두숨 내쉰다

1979. 8. 16.

꾸미개—꾸민다
꾸미개 무지개 기지개

왜 사수死守하는가?
수사修辭를 하지 않고……

1979. 8. 21.

식은땀 더운 땀
식은 밥 더운밥
땀과 밥은 식고 더운 것?
먹어야 비로소 하늘이 있다
땅이 있다!
고생문이 오복문五福門이 훤히 열렸다

1979. 8. 22.

큰 사람이 소견머리 소갈머리 좁다 없다
작은 사람이 오히려 큰마음 먹는다

외도는 외돌토리
외도토리
개밥에 낀 외톨박이 도토리……

1979. 8. 25.

죽어도 비단 무늬 비싼 마음씨—
살아도 비단결— 비싼 마음씨—

1979. 9. 9.

시장성市場性—성시장性市場

1979. 9. 13.

중노동重勞動은 있지만 경노동輕勞動이 없다
경음악輕音樂은 있지만 중음악重音樂이 없다

성시장性市場보다 오래가는 시장성市場性이여

凸凹

뾰죽 볼록 돋아난다
뾰루지가 아니다
오목 옴폭 패인다
보조개가 아니다
또랑이 아니다
농촌실업경음악農村失業輕音樂이
중노동重勞動을 가리킨다
도시산업중노동都市産業重勞動에
경음악輕音樂만 울린다

1979. 9. 14.

왜 사수死守하는가
수사修辭를 하지 않고……
식은땀 더운밥
더운 땀 식은 밥
어떻게 사나 살아야 하지
살아야 하지만 어떻게 사나
그냥 살아야지 어떻게는 무슨 어떻게!
어떻게에 덕지덕지 묻은 때

더깨더깨 어떠면 어때…… 못살겠다
너도 살고 나도 살고
죽지 않아서 살기 싫은가?
어떻게 보아서 이렇게 산다……

*

어떻게 보아서 이렇게 산다
저렇게 보아서야 어떻게 사나?
어떻게가 저렇게 이렇게……
그냥 그렇게 그냥……

1979. 9. 15.

최학근崔學根 씨의 『한국방언사전』을 산다. 이 사전의 학문적인 가치에 대해서는 나는 전혀 관심이 없다.

다만 좀 개념을 넓혀보자……

시인은 표준어가 실상 방언에 지나지 않음을 알고 새로운 표준어를 빌어내려고 한다

아니 그는 자연만이 알아듣는 사투리를 꿈꾼다

시詩는 사투리
서울말 서양말 한문을 거쳐야지 아는 사투리

1979. 9. 18.

바다는 욕심처럼

바다를 무엇으로 메우는가?
욕심을 무엇으로 채우는가?
욕심이 바다를 튼다
바다가 욕심을 뚫는다……
바다가 마음을 메우는가?
욕심이 바다를 채우는가?
바다는 욕심처럼 설렌다
욕심은 바다처럼 고요하다
욕심바다는 바다욕심일까?
으르렁 바닷물결……
쩌르렁 욕심파도…

난파선難破船이 불어대는 나팔소리

1979. 9. 22.

죄罪와 벌罰 사이

개자식 개딸년이란 말이 왜 있는가?
개에 무슨 죄가 있다고—

죄罪는 사람만이 짓는 것
죄는 받아야 하지
줄 수 있을까?
아아 죄는 스스로 받는 것
남이 줄 수 있을까?
남이 줄 수 있는 것은
죄가 아니라 벌이다 처벌이다
천벌 형벌 처벌은 있지만
아아 천죄天罪는 없다!
죄송罪悚은 결국 하나가 만萬이다!
죄 허물 고기그물 어망魚網
죄와 벌 사이는 하늘과 땅 사이
우리는 통곡한다 웃어 제친다
눈 속 구름 속에서 잠을 잘망정
이부자리는 있어야겠지……
말하자면 OK…… KO……

1979. 10. 13.

낙천樂天이라고 하고 비관悲觀한다고 한다. 그런데 비천悲天이라는 말은 별로 쓰지 않는다. 아마도 슬퍼하는 것은 사람일 따름이며 하늘이 아닌 까닭이리라. 그러나 하늘을 원망하고 남을 탓한다. 〈원천우인怨天尤人〉이라는 좀 어려운 말이 있는 것 같다. 이 말은 절실하게 진실일지라도 자기 책임이 쏙 빠져버린 점이 모르기는 하지만 의심스럽다.

하늘은 즐기는 것…… 천명天命은 결국 즐거운 것…… 사지를 쭉 뻗고 잘 수 있는 것……

실상 쭉 뻗은 사지가 죽음일 수도 있긴 하지만……

1979. 11. 12.

호랑이가 담배를 끊으면

사람은 살맛이 없다……

1979. 12. 14.

죽기 전에 남아도는 것처럼 보이는 한없이 많은 시간에 결코 무릎을 꿇지 마라…… 속지 마라……

시詩를 지성知性의 축전祝典이라고 생각한 발레리는 시를 몰랐다.

시는 지성이 참가하는 그것도 고차원高次元의 지성이 참가하는 불합리不合理인 생명의 축전이다!

발레리는 살지 않고 시를 쓰려고 했다!

대단치 않은 유럽 지성의 오만무례傲慢無禮……

주자朱子—대단한 동양지성東洋知性의 오만무도傲慢無道…… 따라서 대단치 않는 지성으로 그만 탈락脫落…… 타락……

1979. 1. 9.

공책에서 얻은 인생론서설人生論序說

중용中庸이란 뜻은 사람끼리 행복하게 복되게 살려면 서로 내면외면內面外面으로 거리距離를 유지해야 한다는 말이 될지 모른다

하루를 더 살면 그만큼 예지叡智가 늘어야 한다. 그렇지 못하면 그야말로 개 삶이 아닌가? 그렇다고 개에 무슨 죄가 있단 말인가?

*

완벽完璧한 인생人生이란 있을 수 없는 것…… 「완벽」이란 사람이 빚어낸 생각…… 그런데 사람은 자연이 반죽해낸 것……

우리는 만사萬事를 자연과 의논해야 한다

말하자면 자연이라는 국회의사당에서……

그러나 그곳에서는 투표도 표결도 의사일정議事日程도 없다……

자연은 좀체로 입을 열지 않는다!

*

모든 종교는 완벽한 인생을 노리는 성싶다. 종교도 자연이 아니라 사람이 만든 것이니까……

사람이 신神을 마름질…… 신神이 사람을 마름질…… 비극悲劇이 본뜬다…… 희극喜劇이 본받는다……

*

초인超人을 꿈꾼 니체여!

너무나 인간적인 너무나 인간적인…… 아니 너무나 종교적인…… 사람다움이여!

내가 생각해내지 않은 자연이여! 생명이여! 아아 그리고 세상이여!

1980. 1. 20.

학문學問, 예술藝術, 그리고 인간人間

현대학문이 학學이나 과학科學을 표방하게 되자 인간적인 가치와 절연하게 마련이다. 사회과학, 언어학, 정치학, 경제학, 경영학……

과학도 사람이 하는 일인데 인간적인 가치를 떠나서야 「우리는 어떻게 살아야 하나?」 이처럼 가장 중요한 문제와는 그리 인연이 없는 성싶다.

그러면 우리가 살아갈 길을 가르치는 것은, 오직 종교나 예술뿐인가? 아아 종교는 교주敎主가 있기 때문에 인간적인 가치를 지나치게 초월한 것으로 만들어 창조가 어렵고 예술은 이와는 정반대로 제멋대로 하는 것이 창조라고 착각하기 쉽다

논문論文의 제호題號

율곡 이이 저栗谷李珥著「성학집요聖學輯要」의 본질과 그 구조
—율곡과 나눈 대화對話

1980. 2. 10.

결국 우리가 사는 마당은 호떡 코카콜라 햄버거 그리고 생선초밥 사이……

1980. 3. 29.

이성理性이 잠들면 괴물怪物이 탄생한다
이성과 괴물 사이—중용中庸
이성과 중용은 모두가 괴물
괴물 속에서 하늘을 즐긴다

1980. 4. 3.

데모 데마, 데마 데모
CRACY CRUSH

해설

송욱 시의 두 가지 뿌리

—부정정신과 전일적 세계의 지향

1. 들어가며

송욱은 《문예》에서 서정주의 추천을 받으며 시작 활동을 시작했다. 그의 활동은 한국전쟁과 4·19 혁명, 5·16 군사 쿠데타, 유신 시대를 관통하고 있다. 역사의 소용돌이 가운데 송욱 시가 보여준 궤적은 시에서의 정치성과 미적 자율성이 어떻게 결합될 수 있는지를 보여주는 것이었다.

일반적으로 송욱 시는 세 번째 시집 『월정가』에 오면 이전 시기의 사회현실 인식과 풍자정신이 탈각되고 자연과 생명의 세계, 사랑과 관능의 세계를 지향했다고 평가되고 있다. 이 글에서는 이러한 시적 변모를 추적하기보다는 이 변모를 가능하게 한 송욱의 근원적인 시 인식을 살펴보고자 한다.

송욱 시작 활동 전반을 꿸 수 있는 두 줄기는 부정정신과 전일적 세계의 지향이다. 그의 첫 시집 『유혹』은 이를 잘 보여준다. 두 번째 시집 『하여지향』의 사회적 반향에 따라 송욱의 첫 시집은 상대적으로 그 의의가 제대로 조명되지 못했다. 『유혹』을 놓고 보면 송욱 시의 전기 시와 후기 시의 변모는 이미 예정된 것이라고도 할 수 있다. 처음부터 시인 송욱의 부정정신/풍자정신은 형이상학적 초월의식에 기대고 있었다. 또한 거기에는 통일되고 조화로운 세계의 지향이 함축되어 있다.

현대성에 부단한 관심을 보였던 송욱은 한국시의 현대화를 위해 고심하면서 지성의 도입을 적극적으로 실천했다. 그것은 시의 기술적인 차원에서 제기된 것이 아니라 한국시의 방향전환을 도모한 것이었다.

송욱 시의 출발은 모더니즘에 입각한 것이었다. 그는 특히 시언어의 문제에 민감했으며, 시의 형식과 구조에 지극한 관심을 표출했다. 송욱은 과거의 서정성과 관습화된 시 문법으로는 한국시의 현대성 획득이 어려울 것으로 생각하고 있었다. 그래서 그가 과감한 시언어의 운용을 보여주었을 때 우려의 목소리가 적지 않았다. 이어령은 송욱의 「하여지향」이 한국어가 발휘할 수 있는 최대의 '운율쏘'를 기도하고자 했지만 의미구조에 실패하였으며 그의 풍자가 사회비평에까지 미치지 못하고 패러디 수준에 그쳤다고 평가하기도 했다.* 하지만 그의 시의 출현을 새로운 심미성의 획득으로 이해하고 적극적으로 그의 시적 가치를 옹호했던 유종호의 「비순수의 선언」이 여기에 맞서고 있었다.

그런데 유심히 보아야 할 점은 송욱이 질서와 조화의 세계를 또한 동시에 요청하고 있었다는 점이다. 이를 서구중심의 도구적 이성주의에 대한 반발로 이해할 수도 있고, 신생독립국 한국에서 지식인들이 맡았던 계몽의 기획과 사회통합 기획의 영향 속에서 가늠할 수도 있는 일이다. 관점과 가치 평가의 문제를 차치하고 생각해보아야 할 점은 질서와 조화를 강조하는 전일적 세계의 지향이 주로 한국시의 전통 서정을 계승하려

* 이어령, 「1957년 시 총평」, 《사상계》, 1957. 12, 254~255면.

했던 미적 관념이었다는 점이다. 여기에 한국 시문학에서의 송욱 시의 이채로움이 있다. 모더니스트의 면모를 갖추고 있었지만 질서와 조화가 확보된 전일적 세계에 대한 욕망이 그의 내면에 자리 잡고 있었다. 어쩌면 그가 그토록 날카롭게 사회를 풍자하고 야유할 수 있었던 까닭은 질서와 조화에의 지향, 다시 말하면 그가 바라던 전일성의 세계가 한국의 당대 현실에서는 그야말로 꿈같은 이야기가 되어버린 상황에 있는 것일지도 모른다. 이 글에서는 부정정신과 전일적 세계 지향이라는 두 축으로 송욱의 시 세계를 살펴보고자 한다.

2. 부정정신과 현대성 모색

송욱이 서정주의 추천을 받아 《문예》에 등단한 것은 1950년의 일이다. 그는 이후 1950년대 연작시 「하여지향」과 「해인연가」를 발표하였다. 많은 논자들이 1950년대 현실인식과 풍자성에 초점을 맞추어 그의 시를 유의미하게 해석하고 있다.* 송욱의 현실인식과 풍자성은 사실 1950년대 부정정신을 강조하고 강력한 주체성을 요청했던 시대적 맥락 속에서 이해할 필요가 있다.

제2차 세계대전 이후 신생 독립국이었으며 이후 세계 냉전체제의 자장에서, 한국전쟁과 분단의 과정을 겪은 한국에서, 지식인들은 국가 재건과 현대화의 주체로 인정되었다. 이들에게는 후진성을 극복하기 위해 부정정신을 바탕으로 한 강력한 주체성이 요청되고 있었다. 문학 장에서

* 이승하, 「풍자, 자기 비하의 아이러니」, 《문예 2000》, 1997. 1. 김유중, 「사상과 창조의 실험」, 『한국현대시론사』, 모음사, 1992. 황정산, 「새로운 시어의 운영과 비순수의 추구—송욱의 『하여지향』」, 송하춘 · 이남호 편, 『1950년대 시인들』, 나남, 1994 등이 있다.

도 마찬가지였다. 한국문학이 동시대 세계문학으로 인정받기 위해서는 한국문학이 현대화되어야 한다는 인식과 더불어 이를 실현할 강력한 부정정신을 소유한 주체성이 요청되었다.* 시 문학장에서는 과거의 시와는 차별된 새로운 시의 출현을 위해 한국시를 역사적으로 검토, 비판하고 '현대적'인 시의 가능성을 모색하려는 움직임이 강했다. 이 시기 송욱을 비롯하여 천상병, 전봉건 등 많은 시인이 비평정신을 강조하며 한국시의 현대화를 논하는 글들을 발표했던 것도 이 때문이었다.

송욱의 한국 현대시에 대한 방향 모색은 「서정주론」**에서 확인할 수 있다. 송욱은 서정주의 시적 여정을 '정열을 거쳐서 생명을 보게 되는 서정시로의 발전'으로 정리했다. 그에 따르면 '결론을 맺지 못한 정열'을 보여준 『화사집』은 지성과 윤리의 미학이 결핍된 것이었다. 하지만 이후 전통의 세계로 전환한 서정주는 생명에 대한 사상을 확립하며 그의 한계를 극복했다고 송욱은 말한다.

같은 글에서 "그러나 순전히 서정 면으로 시를 추구하는 경향에 새로운 세대는 불만을 가져야 마땅하다. (중략) 시에는 인간성의 모든 면이 드러나 있어야 한다. 지성, 정서, 육체 이런 것은 개인으로 보아도 빼놓지 못할 요소거니와 사회와 역사와 세계성을 노래하여야 하고, 마지막에 종교를 노래해야 한다"***고 송욱은 말한다. 즉, 새로운 세대가 나아가야 할 바를 모색하면서, 시가 단순히 서정의 영역에 머무는 데 그쳐서는 안 될 것으로 보고 있는 것이다. 사회와 역사, 세계성과 종교까지 아우를 수 있는 시를 그는 꿈꾸고 있었다.

그의 세대론적 단절 인식은 시 「「햄렛트」의 노래」에서 잘 드러난다.

* 1950년대 부정정신과 주체성과 관련해서는 정영진, 「1950년대 세계주의와 현대성 연구」, 《겨레어문학》 44집, 겨레어문학회, 2010 참조.
** 송욱, 「서정주론」, 《문예》, 1953. 11, 50~55면.
*** 위의 글, 55면.

"아버지가 부르는/ 여기는 낭떠러지./……// 비렁뱅이 그림자에/ 웅숭그린 상감마마./ 허깨비 아버지를/ 내 눈에 티를/ 비웃지 말고/ 아아 묻어다오./ 가위눌린 꽃송이여,/ 깨어나다오." 여기서 아버지는 '허깨비', '낭떠러지'라는 시어들과 함께 배치되고 있다. 앞 세대에 대한 부정정신을 드러내는 한 장면이라 할 수 있겠다.

개인의 서정에 국한된 한국시의 전통적 경향을 돌파해내고자 했던 송욱은 시의 현대성 문제를 사유해나갔다. 이를 잘 보여주는 것이 『시학평전』이다. 『시학평전』은 모더니즘에 입각한 그의 미의식을 단적으로 드러낸다. 그는 전통 부정론의 입장에서 전통적 문학이 더는 현대에 유효하지 않다고 보았다. 송욱은 현대적 감수성을 담을 수 없기 때문에 전통은 다시 생성되어야 하며, 이를 통해 한국시의 현대성이 확보될 수 있다고 보았다.

그러나 송욱은 현대성을 단지 시의 내용과 소재의 변화를 통해 확보되는 것이 아님을 강조한다. 이러한 의식은 그가 김기림을 적극적으로 비판하고 나선 데서도 확인할 수 있다. 그는 비판적 지성을 강조하고, 특히 시 언어를 지성을 통해 세공하고 조직해야 한다고 생각했다. 그는 시어가 상징성을 함축하고 있어야 한다고 믿었다. 다양한 기법들을 통해 시가 현대인의 삶을 관통할 힘을 가질 때 전통이 생성되고 한국시의 현대화가 가능하다고 보았다.

송욱에게 신세대의 부정정신은 풍자정신으로 나타나는 특질을 보인다. 한바탕 웃음으로 현실의 고통을 해소하려는 해학이 아닌 현실에 대한 비판적 인식을 보여주는 그의 풍자에는 역사의식이 중요한 축이 되고 있다. 그리고 거기에는 시적 화자의 고독과 슬픔이 동반되고 있다.

왜란倭亂과 호란胡亂과 양요洋擾를 겪고

움직여야 하니까 동란動亂을 거쳐,
목이며 사지四肢가
갈라지다 합치고 하는 사이에
역사歷史가 넣은
주릿대가 틀리는데,
나날이 넓어가는
어두운 하늘을
밝히려고 밝히려고 애타는 것은
스스로 어둠인 까닭이라는
까닭 모를 슬픔뿐.

—「하여지향 3」 부분

시인 송욱에게 역사는 '피묻은 나선을 미치게 두루 돌며 기어오르'는 것이다. 왜란과 호란, 양요와 한국전쟁까지 '주릿대가 틀리는' 고통의 시간 속에 '나날이 넓어가는 어두운 하늘을 밝히려고 밝히려고 애타는' 슬픔을 송욱은 노래하고 있다. 그의 풍자는 현실의 가시적 단면을 대상으로 하지 않는다. 역사 속에 현실을 기입하면서, 현실의 역사적 의미를 부각하고자 한다. 그리고 역사를 대하는 시적 화자의 슬픔이 간결한 리듬 속에 명징하게 표시되고 있다. 이 슬픔은 송욱 특유의 치밀한 시언어의 조직에 의해 과잉된 감정의 양태를 띠지 않는다. '스스로 어둠인 까닭이라는/ 까닭 모를 슬픔'이라는 구절은 덮어놓고 슬프다는 느낌을 전해 주지 않는다. 시적 사유의 묘미를 잘 보여주고 있는 이러한 구절에서 우리는 그의 지성주의적 태도를 엿볼 수 있다.

한국전쟁 이후 시단에서는 시의 '지성' 문제를 한국시의 현대화를 위해 중요한 요소로 받아들였는데, 송욱은 자신만의 스타일로 지성주의를 확립한 시인이었다. 그는 사유를 동반하는 언어의 음악성에 대해 끈질지게 탐구하고 도전했다. 송욱의 시적 특질 중 중요하게 취급해야 할 것이 바로 음악성, 즉 운율의 문제이다. 시언어의 조직에 지적인 태도를 고수했던 모더니스트 송욱에게 운율은 시인 평생의 주요 화두였다.

유고시집 『시신詩神의 주소』에 실려 있는 〈시작 노트〉를 보게 되면 언어와 사물, 언어와 몸(생명)의 문제에 천착했던 송욱을 만날 수 있다. 다음에서 그의 운율에 대한 생각을 엿볼 수 있다.

> 샘물처럼 운韻을 따낸다
> 운韻이란 울리며 화답하는 말소리,
> 말뜻……
> 펑펑 솟는 말샘물……
> 고인 다음에야 넘치는 말물줄기*

송욱에게 운韻이란 단지 소리와 관계된 것이 아니다. 그것은 말의 뜻과 관련될 뿐만 아니라 다음 말을 오게 하는, 즉 시를 이어가게 하는 내적 동력이다. 그것은 '말샘물'이며 '말물줄기' 역할을 하는 것이다. '고인 다음에야 넘치는' 즉 하나의 막음이자 또 다른 열림의 구실을 하는 것이 바로 '韻'이었다. 전통적으로 시에서 운율 문제는 시 장르의 고유성과 밀접한 관계가 있다. 송욱이 활발하게 활동하던 1950년대에는 과거의 시=노래하는 시, 현대시=생각하는 시라는 도식이 통용되었다. 당대의 대부분의 모더니스트들은 현대시가 '노래'의 세계가 아닌 '사유'의 세계로 이행했다고 믿었지만, 시의 태생이 운율로부터 자유로울 수 없다는 것도

* 송욱, 『시신의 주소』, 일조각, 1981, 95면.

잘 알고 있었다. 전통 서정파와 대립각을 세우고 있었던 모더니스트들은 시의 운율을 어떻게 유지할 수 있을지 답해야만 했다. 송욱만큼 이 문제를 뚜렷하게 자각하고 시작 실천을 보인 이도 드물었다.

송욱은 "음악성이 문제입니다. (중략) 시에서 음악성이 원동력의 구실을 하니까요. 우리는 하나의 시나 시의 일부분이 언어상의 표현에 도달하기 전에 우선 일정한 '리듬'으로서 나타나며 이 '리듬'이 생각과 심상을 수반할 수 있다는 사실을 알고 있습니다. 그리고 우리가 생각해야 할 것은 과거의 시가 노래하는 것이라면 현대시는 담화하는 시라는 특징입니다. 따라서 우리는 현대 시어의 근원을 일상생활에 사용되는 회화체의 우리말에 두어야 합니다. 이러한 우리말을 어떻게 사용하여, 자신의 사고방법과 감정에 충실하면서, 음악성을 띤 시를 산출하는가, 이것이 시인들의 과제이지요"라고 말한다.* 그는 현대시가 노래하는 시가 아니라는 것을 인식하면서도, 일상생활에 사용되는 회화체를 통해 시의 음악성을 획득하고자 했다.

이와 관련해 유종호는 음악성을 노래나 리듬 같은 소리가 아닌 의미상의 암시력과의 관계에서 생각할 수 있다고 주장한다. 유종호는 시의 음악성에 대해 운율이나 음보가 주는 효과 혹은 호음조(euphony) 같은 청각적 음악성과 함께, 말이 가지고 있는 "의미상의 음악성"을 언급한다. 그는 송욱의 「하여지향 5」를 예로 들며, 의미화가 형식화된 것이 음악성의 한 갈래가 될 수 있다고 말한다.

> 고독이 매독처럼
> 꼬여 박힌 8자字면,

* 송욱, 「현대시의 반성」, 《문학예술》, 1957. 3, 192~193면.

청계천변 작부酌婦를
한 아름 안아 보듯
치정痴情이 병病인양하여
포주抱主나 아내나
빚과 살붙이와,
현금現金이 실현實現하는 현실現實 앞에서
다다른 낭떠러지!

—「하여지향 5」 부분

유종호는 이 시를 일상생활 의식의 도입이 대담하게 이루어지고 있다고 보았다. '치정 같은 정치', '현금이 실현하는 현실' 등의 구절을 음성과 의미가 유리되지 않은 음악성을 보여주는 것으로 이해했다. 그는 또한 '상식도 병인양하여'에 대해 인유(allusion)로서 현재와 과거와의 병치적 대조를 통해 의미와 음성의 행복한 결합을 이루었다고 평가한다.*

의미의 암시성이 시의 음악적 효과를 동반하는 것은 시적 사유의 심미적 효과를 증폭시킨다. 송욱이 시 언어 특히 음악성의 문제를 끈질기게 탐구해나간 것은 철저히 시의 현대성에 대한 천착을 보여주는 것이다. 그것은 부정정신과 지성주의에 입각한 것이었다. 박목월이 송욱에 대해 "우리들이 이미 닳도록 써온 언어의 그 조직과 질서를 해체하는 것에서 시작했다는 점과 소리를 내어 읽어야만 하는 절대 조건의 극한적 의의를 띤 표현이 지금까지 우리가 갖는 문학적 재산 목록에 없던 반발 자세만은 확실하다"**고 평가하는 것은 온당해 보인다.

송욱은 기존의 미의식과 전혀 다른 미적 감각을 제공함으로써 '사유

* 유종호, 「비순수의 선언」, 《사상계》, 1960. 3.
** 박목월, 「수운록瘦雲錄—1958년도 시문학 총평」, 《사상계》, 1958. 12, 332~333면.

로서의 시'의 영역을 개척해나갔다. 그는 단순한 언어유희를 보여준 것이 아니었다. 송욱은 현대정신의 방향과 그 속에서 전개되는 현대인의 삶을 시에 담아냈다. 이것이야말로 현대시의 책무라고 송욱은 생각했다. 지적인 쾌락을 제공하는 송욱 시는 시의 순수를 보증하는 또 다른 방식이었다. 그것은 전통 서정파가 말하는 '순수'와는 전혀 다른 현대적 의미에서, 지성적인 시의 출현을 의미하는 것이었다.

3. 전일성 지향과 생명의식

송욱 시를 이해하는 데 중요한 키워드 중 하나는 바로 '전일성'이다. 세 번째 시집 『월정가』 이후 송욱의 시 세계에 대해 말할 때, 일반적으로 '육체성', '에로티시즘', '타자성', '생명주의' 등이 주요 화두가 되었다. 이러한 개념어들은 인간과 자연의 관계 회복과 주체와 세계, 주체와 타자의 분리 불가능한 절대적 세계를 지향했던 송욱 시의 성격을 보여주고 있다. 이 모든 것은 '전일성에의 지향'과 관련이 있다.

송욱의 형이상학적 지향은 전일적 세계의 지향과 맞닿아 있다. 형이상학적 지향은 본질적인 세계, 근원적인 물음이 존재하는 공간에의 지향을 함축하는 것으로, 초월주의적 경향을 동반한다. 송욱의 초월주의적이고 형이상학적인 태도는 지성주의를 강조하는 배면에 늘 자리 잡고 있는 것이었다.

송욱은 시와 지성의 관계에 대해 "지성이 다시 말하면 지적인 영상이 시 구조의 불가결한 일부분을 이루고 있는 경우에는 결코 깊은 정서의 표현에 대하여 장애가 되지 않는다"고 말한다. 그는 시에서의 지성이 정서의 표현과 적대적 관계에 있지 않다고 생각했다. 그는 "지성과 감정의

상호작용을 영상으로 표현하려는 시인은 경험의 복잡성을 무시하기를 거부하며", "상극인 여러 요소를 융합시키어 한 조화 있는 전체로 만들기에 모든 힘을 기울인다"고 말하면서, 지성과 감정의 통합을 통해 전체로서의 시를 완성할 수 있다고 보았다.

송욱의 등단작들은 시 언어의 조직에 있어 그의 치밀함을 확인시켜 준다. 아울러 하나의 완결된 세계, 전일적 세계의 지향을 드러내고 있다.

> 장미밭이다.
> 붉은 꽃잎 바로 옆에
> 푸른 잎이 우거져
> 가시도 햇살 받고
> 서슬이 푸르렀다.
>
> 벌거숭이 그대로
> 춤을 추리라.
> 눈물에 씻기운
> 발을 뻗고서
> 붉은 해가 지도록
> 춤을 추리라.
>
> 장미밭이다.
> 핏방울 지면
> 꽃잎이 먹고
> 푸른 잎을 두르고
> 기진하면은

가시마다 살이 묻은
꽃이 피리라.

—「장미」 전문

「장미」에서는 '붉은 꽃잎'과 '푸른 잎', '가시'와 '살', '먹고'와 '기진하면은' 등 대립적 이미지들이 충돌한다. 하지만 '춤' 속에서 이러한 이미지들은 하나로 녹아내린다. '장미밭'은 '벌거숭이 그대로 춤'이 되고, '장미'는 가시마다 살이 묻은 분리 불가능한 하나의 절대 세계인 '꽃'으로 피어 있다. 대립적 요소들은 그것의 상위 체계에서 그 낱낱의 의미가 소멸되어 간다. 거기에는 어떠한 침범도 허용될 수 없는 자족적—거기에는 투쟁관계도 포함되어 있다—세계가 존재하는 것이다.

비가 오면
하늘과 땅이
손을 잡고 울다가
입김 서린 두 가슴을
창살에 낀다.

거슴츠레
구름이 파고 가는
눈물 자욱은
어찌하여 질 새 없이
몰려드는가.
비가 오면
하늘과 땅이

손을 잡고 울다가
이슬 맺힌 두 가슴을
창살에 낀다.

—「비 오는 창」 전문

'거슴츠레/ 구름이 파고 가는/ 눈물 자욱은/ 어찌하여 질 새 없이/ 몰려드는가.//'에서 알 수 있듯이, 시적주체의 내면은 상당히 벅찬 상태다. 그러나 시적 주체는 감정을 직설적으로 토로하지 않는다. 이 시는 정지용의 「유리창」을 떠오르게 한다. 확실한 이미지들, 창살과 입김 그리고 비와 같은 시적 장치들 속에서 감정은 절제되어 있다. 이 시는 탁월한 시적 순간의 형상화를 보여준다. '하늘'과 '땅'이라는 상반된 세계는 창살에서 두 가슴을 끼고 있는 것으로 묘사되고 있다. 거기에는 '비', '눈물', '이슬 맺힌' 등과 같은 이미지들이 덧대어져서 시적 순간의 절절함을 전하고 있다.

완결된 시적 세계를 지향하는 이러한 시들은 통합되고 조화로운 시 세계를 구축하고자 했던 송욱을 보여준다. 전일성 지향은 그의 시론에서도 명쾌하게 드러난다. 영문학자였던 송욱은 실존주의 철학과 뉴크리티시즘, 바슐라르의 상상력, 메를로 퐁티와 베르그송 등을 끌어오면서 그의 시론을 확립해나갔다. 다음 인용문은 그의 전일성 지향을 메를로 퐁티의 인용으로 뒷받침하는 부분이다.

> 메를로 퐁티는 이미 하나의 시력과 시력 전반작용이 나와 타인, 그리고 주관과 객관을 연결시키는 현상에 주목하였다. 이제 그는 「하나의 말함」, 「하나의 생각하는 사람」이란 개념을 통해서 말함과 생각과 몸짓 즉 인간의 표현 작용이 지니는 전파 작용과 연대성·사회성을 밝히고 있는 셈이다. 그

리고 그는 이를 공적公的 지속持續이라고 부른다. 물론 우리는 이와 반대로 나와 남 사이에는 항시 담벼락이 가로놓이게 마련이라고 생각할 수도 있기는 하다. 그러나 이러한 담벼락도 우리 자유의 테두리 안을 벗어나는 것이 아니라, 오히려 나와 타인 사이에서 한없는 대화를 나누도록 마련하는 것이다.*

송욱은 '표현'의 연대성과 사회성을 언급하고 있다. 그는 주관과 객관을 연결시키는 현상에 주목한 메를로 퐁티에 기대어, 나와 타인 사이의 담벼락으로 표시되는 어떤 '사이' 자체를 '우리' 속에 포함시킨다. '한없는 대화' 속에서 '나'는 타인들과 연결되어 있으며, 홀로 떨어져 있지 않다. 개별자들은 분명 존재하지만 그가 주목하는 것은 '사이'에서 발견되는 '우리'이다. 실제로 그의 많은 시에서 '사이'라는 시어를 자주 볼 수 있다. 가령 "밝는 듯 어두운 그대 사이여"(「하여지향 5」), "통곡과 〈아멘〉과 술잔 사이서"(「하여지향 6」) 같은 것이 그 예라 하겠다. '사이'는 명백한 사물 세계 속에서 새롭고 낯선 공간을 창출한다. 이는 송욱이 시집 『하여지향』 서언에서 밝히고 있듯이 "분석과 종합과 통일의 작용을 할 수 있는 건축적인 기술"의 시도를 의미하는 것이다.

'우리'나 '사이'의 문제에 대한 그의 관심은 역사와 전통에 대한 그의 인식을 심화시켜나가는 데 원동력이 되었다. '전통의 COGITO'라는 제목의 시작 노트에는 이러한 메모가 남겨져 있다. "우리는 서로서로 만나게 된다. 그러므로 우리가 있다"** 앞서 우리는 그의 시에서의 현실인식이 역사의식을 바탕으로 한 것이라는 점을 살펴보았다. 송욱은 '전통'을 물화된 어떤 것이 아니라 '우리'의 '만남' 속에서 상정하고 있었다. 전통

* 송욱, 『문물의 타작』, 문학과 지성사, 1978, 134면.
** 송욱, 「시신의 주소」, 『시신의 주소』, 일조각, 1981, 60면.

은 '만남'이라는 행위를 통해 존재하는 것이고 우리를 또한 존재하게 하는 것이다.

여기서 우리는 그의 전일적 세계에의 지향이 폐쇄성과는 거리가 먼 것임을 짐작할 수 있다. 송욱의 절대적 세계에의 지향, 형이상학적 세계에의 지향, 초월주의적 경향 등은 고립된 시적 주체의 자기 환원의 양상으로 떨어지지 않고 있다. 이는 송욱이 시 세계를 구상함에 있어 그의 의식이 현대라는, 그리고 현실이라는 문제와 분리되어 있지 않은 까닭이었다.

이는 1950년대 전일성을 지향했던 실존주의 유파나 전통 서정파의 그것과 차별되는 지점이라 할 수 있겠다. 현실을 괄호 치지 않고 있었기에 송욱의 전일적 세계의 지향은 시적 주체의 내면성에로의 함몰 위험을 막아낼 수 있었다. 송욱은 『하여지향』 이후에도 현대 세계의 문제에 지속적인 관심을 보였다. 그가 말년에 동양문명과 시학을 연결 지어 사유했던 것도 바로 현대와 현대 인간에 대한 탐구의 일환이었다. 또한 그는 한국의 정치현실도 시 속에서 종종 다루었다. 여기에도 그의 전일성에의 지향은 확연히 드러난다.

> 배운대로 바른대로
> 노怒한 그대로
> 물결치는 대열隊列을
> 누가 막으랴.
> 막바지서 뛰어난 민족정기여.
> 주권을 차지한 그대들이여.
> 영원히 영원히 소리칠 태양.

새로운 지평선에
피를 흘리며
세계를 흔들었다
맨주먹으로—
영원히 영원히 소리칠 태양.

정의는 오로지 벌거숭이다.
어진 피, 젊은 피, 자라는 피다.
용감하게 쓰러진 그대들이다.
남산도 북악도 모두 보았다.
한강이 목 놓아 부를 이름들,
거리마다 목 놓아 부를 이름들.
영원히 영원히 소리칠 태양.

—「사월혁명 행진가」 부분

이 시에서는 '영원히 영원히 소리칠 태양'으로 4월 혁명의 순간을 완결되게 노래하고 있다. '물결치는 대열', '벌거숭이', '어진 피, 젊은 피, 자라는 피' 등의 구절들은 시적 발상이 등단작에서 보이는 것과 유사하다. 개별자들(젊은 청년들)의 목소리는 '태양'이라는 상관물에 의해 하나로 융화되어 있고 여기에 화답하는 '남산'과 '북악', '한강'이 시적 공간을 완성하고 있다.

송욱 시에서의 타자성은 시적 주체의 동일성 논리에 포획되지 않는 것이었다. 송욱의 시 세계에는 주체와 복수의 타자들이 함께 공존한다. 이러한 경향은 『월정가』 이후에 더 확연히 드러난다. 그러나 이 세계는 하나의 질서, 절대적 존재태로 존재하는 것이다. 따라서 포스트모던 혹은 근대 초극(반성)의 양식이라고 할 수는 없다. 타자들의 시선은 전일적 세계의 방향성에 고정되어 있는 것이기 때문이다.

『월정가』 이후 송욱의 전일적 세계 지향은 생명성과 육체성을 통해 뚜렷하게 나타난다. 『월정가』에서 육체는 인간 정신과 성적인 관능성을 모두 포괄하는 것으로, 생명성 자체로 표시된다. 그의 시에서는 '벌거숭이', '몸뚱아리' 등이 자주 나온다. 전일성을 지향했던 그의 미적 관념하에서 '몸'은 언제나 그의 시세계의 키워드였다.

「나체송」에서 "나는 믿는다/ 그대 알몸을/ 성부와 성자와 성신이/ 한 자리에 빛나고/ 피가 도는 진여眞如/ 그대 알몸을// ……// 그대 알몸은/ 관세음觀世音보살/ 묵직하고 보드라워/ 신비로운 바윗덩이 궁둥이/ 한아름 안에/ 우주가 현신現身한다"고 송욱은 노래한다. '알몸'은 삼위일체의 완전한 세계의 표상이며, 신비와 절대의 세계이다. 그야말로 '우주의 현신'인 것이다. 그것은 피가 도는 살아 있음의 세계, 즉 생명의 세계이며 '궁둥이'로 표현되는 관능의 세계이기도 하다. 성과 속이 분리되지 않는 육체에 대한 긍정은 육체성에 대한 긍정이면서 동시에 육체성 자체가 현현하는, 모든 것이 종합된 세계, 전일적 세계에의 긍정이다. 거기에는 파탄의 위험성이 일절 표시되지 않는다. 어떠한 불가능성도 게재될 수 없다.

그럼에도 송욱이 지향한 전일적 세계가 갑갑하게 느껴지지 않는 것은 그의 시 세계가 운동성을 확보하고 있기 때문이다.

> 밀물이 밀어 올린
> 백사장에 조개껍질
> 그 안에 깃든 우주는
> 그대가 꿈꾸다가
> 가신 잠자리—

거울 울안에
한 떨기 꽃송이는
만萬 송이 등불!

그대는 순간은
아홉 겹 담을 둘러
아홉 겹 문을 열어
착하고 참되고 아름다운 마음만이
벌거숭이 몸만이
드나드는 대궐 안—
아아 구슬 같은 이슬 눈시울
아홉 겹 꽃잎 꽃판
꽃수술 눈초리……

푸른 하늘이 강물로 더불어
어울린 빛깔에는
모든 일이 일일이
쌓이고 쌓여
티끌 하나 얼룩이지
눈물 하나 아롱이지
않고 없는데—

—「알림 어림 아가씨」 부분

조개껍질 속에 깃든 우주를 사유하고, 한 떨기 꽃송이를 만 송이 등불로 형상화할 때 이미지들은 양적인 대립을 보인다. 이러한 이미지들의 대조와 결합은 심미적 쾌감을 유발한다. '아홉 겹의 담'을 두르고 '아홉 겹의 문을 열어'주기도 하는 '그대'는 폐쇄적 이미지와 개방적 이미지의 대립이 공존하는 '순간'으로 표시되고 있다. 이러한 이미지들의 결합은 시에 운동성과 율동감을 부여하며 자칫 전일적 세계 지향이 줄 수 있는 '뻔한' 느낌을 일정 부분 해소하고 있다. 그러나 그 '뻔한' 느낌을 완전히 몰아내지 못하는 것은 그의 시 세계에서 어떠한 불순물도 용인하지 않는 결벽에 그 이유가 있다. 이 시의 '그대'는 '착하고 참되고 아름다운 마음만이/ 벌거숭이 몸만이/ 드나드는 대궐 안—'의 세계로, 진선미의 가치가 실현되는 절대적 세계이다. 거기는 티끌 하나 얼룩지지 않는, 눈물 한 방울 아롱이지 않는 무결점의 세계이다.

4. 나오며

지금까지 송욱 시를 지탱하고 있는 두 가지 기둥을 살펴보았다. 하나는 시의 부정정신과 현대성 인식이고 또 다른 하나는 전일적 세계의 지향이다. 현대성 문제는 송욱이 등단한 1950년대 시단의 핵심 의제 중 하나였다. 이때는 한국시의 현대화를 위해 현대 비평정신을 시에 담아야 한다는 시적 사고의 변화가 요청되었던 시기였다.

송욱은 '현대인'이라는 자의식을 선명히 인식하고 시작 활동을 했다. 모더니스트들이라고 해서 이 '현대인'이라는 자의식이 동일한 것은 아니다. 송욱의 경우 현대를 살아가는 개인의 문제에 초점을 맞추기보다는 인간이 살아가는 현대사회의 성격에 관심을 기울였다. 이런 까닭에 그의 풍자시가 가능했다. 그는 현대 사회의 고독과 불안을 조병화나 박인환이 정서적으로 환기하는 방식과는 전혀 다른 방식으로 취급했다.

송욱 시에서 나타나는 주체와 대상과의 미적 거리는 상당히 멀다. 객관적 진술, 암시적이고 상징적 표현들은 그만의 독특한 시풍을 확립하는 데 기여했다.

송욱이 여타 모더니스트와 변별되는 또 다른 특징은 시언어의 운용면에서 음악성에 민감했다는 점이다. 일반적으로 모더니즘에서는 음악성보다는 회화성이 더 중심이 되었던 점을 감안한다면, 송욱 시의 음악성은 여러모로 중요한 의미를 띤다고 할 수 있다. 물론 송욱 시의 음악성은 전통 서정시가 보여주었던 그것과는 성질이 매우 다른 것이다. 전통 서정시에서의 음악성은 시적 주체의 정서에 조응하는 반면, 송욱 시에서의 음악성은 시의 주제의식이나 의미를 구축하는 가운데 확보된다.

송욱의 전일적 세계의 지향은 그의 등단작에서부터 드러난다. 물론 『월정가』 이후 자연과 생명, 육체의 이미지가 더욱 생생히 드러난 것은 사실이다. 하지만 그는 첫 시집 『유혹』에서부터 하나의 완전하고 조화로운 절대적 세계를 지향하고 있다. 이 세계에는 갈등관계가 포함되어 있지만 그것은 변증법적으로 지양되어 '합'의 세계 속에서 무화된다. 그의 시에서 대립적 이미지들은 충돌하면서 시에 역동성을 부여한다. 동시에 이것들은 더 큰 체계 속에서 하나의 세계를 구성하며 조화롭게 융화되고 있다.

어쩌면 그의 최고의 문제적 시집이라 할 수 있는 『하여지향』이야말로 송욱 시의 전체 여정을 고려한다면 특이성이 있다고 해야 할지도 모르겠다. 『하여지향』에서 보여준 사회 비판적이고 풍자적인 송욱의 시정신은 질서와 조화, 통합의 전일적 세계에 대한 지향이 요원해졌을 때 빛났던 것이 아닌가. 몇몇 비평가들이 송욱의 풍자정신에 대해 일반적인 사회 비판적 수준은 되지만 비평정신까지에는 미치지 못하고 있다고 평가했던 것은 수긍할 만한 데가 있다. 이는 그의 시정신의 불철저를 의미하는 것이 아니다. 그의 시정신의 원류가 전일적 세계에의 지향 속에 있었기 때문이다.

| 작가 연보 |

1916년 4월 19일 충남 홍성 오관리 417번지에서 아버지 송양호宋良浩, 어머니 김동성金東成의 3남 5녀 중 3남으로 출생. 같은 해 당진으로 이사.

1929년 12월 아버지의 강화군수직 사임 이후 서울 종로구 화동 135번지로 이사.

1932년 4월 서울 종로구 재동 공립보통학교에 입학.

1939년 3월 재동 공립보통학교를 졸업하고 4월 경기중학교에 입학.

1941년 '토야마 흐미오富山文夫'로 창씨개명.

1942년 3월 경기중학교 4년 때 중퇴(당시 5년제)하고, 일본 가고시마 제7고등학교鹿兒島第七高等學校에 입학.

1944년 8월 제7고등학교 졸업(전쟁 말기 3년 학제는 2년 6개월로 변경)하고 교토京都 제국대학 문학부 사학과에 입학. 징병을 피하기 위해 구마모토熊本 의과대학으로 편입. 이후 경성제대 의학부에 편입.

1945년 5월 서울대학교 문리대 영문학으로 전공을 바꾸어 편입.

1946년 1월 부친 사망.

1948년 서울대학교 문리대 영문과 졸업. 경기중학교 교사 및 서울대학교 문리대 영문학과 강사로 출강.

1949년 10월 숙명여자대학교 1년 6개월 출강.

1950년 《문예》에 「장미」, 「비 오는 창」으로 2회 서정주의 추천을 받음. 한국전쟁이 일어나 해군에 장교로 입대.

1952년 진해 해군사관학교 영어 교관으로 부임. 12월 충남 당진 출신의 4세 연하 인봉희印鳳熙와 결혼.

1953년 《문예》 초하호初夏號에 「꽃」으로 추천 완료. 10월 해군 대위로 제대. 부산 미국 대사관에서 근무.

1954년 3월 첫 시집 『유혹』(사상계사) 간행. 7월 종로구 화동 104번지에서 장남 정렬正烈 출생. 10월 서울대학교 문리대 영문학과 전임강사로 취임.

1956년 서울대학교 문리대 영문학과 조교수 승진. 유치환, 김현승, 고석규 등과 시 동인지 《시연구》 발행. 봄에 종로구 사간동 11번지로 이사.

1957년 미국 시카고대학 교환교수로 연구활동. 2월 차남 동렬東烈 출생.

1960년 서울대학교 문리대 영문학과 부교수로 승진.

1961년 제2시집 『하여지향』(일조각) 간행. 서울 성북구 175-5로 이사.

1962년 3월 3남 명렬明烈 출생.

1963년 시론서 『시학평전』(일조각) 간행. 『시학평전』으로 한국일보 출판문화상 저작상 수상.

1964년 서울특별시 주관 서울시 문화상 수상.

1965년 서울대학교 문리대 영문학과 교수로 승진.

1968년 11월 유럽(이탈리아, 독일 프랑스, 영국)을 2개월간 여행.

1969년 11월 비평서 『문학평전』(일조각) 간행.

1971년 제3시집 『월정가』(일조각) 간행.

1972년 서울대학교에서 박사학위 취득.

1974년 『「님의 침묵」 전편 해설』(과학사) 간행. 재판은 일조각에서 냄.

1975년 1977년까지 서울대학교 인문대학 학장 역임.

1978년 시선집 『나무는 즐겁다』(민음사) 간행. 비평서 『문물의 타작』(문학과지성사) 간행.

1980년 4월 15일 성북동 175번지 자택에서 별세. 경기도 양주군 마석 모란공원 묘지에 안장.

1981년 유고시집 『시신의 주소』(일조각) 간행.

1982년 「말과 생각」, 「알밤 왕밤노래」 등 유고시 4편이 《월간조선》 7월호에 발표됨.

1985년 5월 제자들이 묘소에 시비를 세움.

| 작품 목록 |

■ 시

1950년 「장미」, 《문예》, 3.

「비 오는 창」, 《문예》, 4.

1953년 「꽃」, 《문예》, 6.

1954년 「「쥬리엣트」에게」

「「햄렛트」의 노래」

「「맥베스」의 노래」

「「라사로」」

「유혹」

「숲」

「장미처럼」

「창」

「관음상 앞에서」

「있을 수 있다고」

「승려의 춤」

「여정女精」

「그 속에서」

「생생회전生生回傳」

「실변失辯」

「시인」

「시체도詩體圖」

「슬픈 새벽」

—이상 시집 『유혹』 수록.

1955년 「벽」, 《현대공론》, 1.

「홍수」, 《사상계》, 2.

「왕소군王昭君의 노래」, 《야담》, 7.

「기름한 귀밑머리」, 《현대문학》, 8.

「척식拓植 식산殖産」,* 《문학예술》, 8.
「한거름」,** 《사상계》, 10.

1956년 「무엇이 모자라서」, 《시연구》, 5.
「왕족이 될까 보아」, 《현대문학》, 5.
「어느 십자가」, 《문학》, 7.
「서방님께」, 《시와 비평》, 8.
「그냥 그렇게」, 《시와 비평》, 8.
「의로운 영혼 앞에서」, 《문학예술》, 9.
「〈영원〉이 깃들이는 바다는」, 《신세계》, 9.
「하여지향 1」, 《사상계》, 12.

1957년 「하여지향 3」, 《현대문학》, 7.
「하여지향 4」, 《사상계》, 7.
「하여지향 6」, 《문학예술》, 8.
「하여지향 5」, 《현대시》, 10.

1958년 「하여지향 7」, 《사상계》, 8.
「사랑이 감싸주며」, 《한국평론》, 9.
「하여지향 8」, 《현대문학》, 12.

1959년 「하여지향 9」, 《신태양》, 1.
「하여지향 11」, 《자유공론》, 1.
「하여지향 10」, 《사상계》, 2.
「무극설無極設」, 《자유문학》, 5.
「해인연가 4」, 《사상계》, 9.

1960년 「우주가족」, 《현대문학》, 1.
「해인연가 5」, 《사상계》, 2.
「해인연가 8」, 《사상계》, 8.
「한일자一字를 껴안고」, 《현대문학》, 9.

* 『하여지향』에는 「척식 식산 생식을」로 제목 바뀜.
** 『하여지향』에는 「한 걸음 한 걸음이」로 제목 바뀜.

1961년 「제이창세기」, 《사상계》, 2.
「나는 어느 어스름」, 《사상계》, 3.
「혁명환상곡」, 《현대문학》, 6.
「이웃사촌」, 《자유문학》, 6.
「겨울에 산에서」, 《사상계》, 9.
「어머님께」
「만뢰萬籟를 거느리는」
「비단 무늬」
「운상의상화상용雲想衣裳花想容」
「출렁이는 물결을」
「살아가는 두 몸이라」
「겨울에 꽃이 온다」
「RIP VAN WINKLE」
「낙타를 타고」
「거리에서」
「어쩌면 따로 난 몸이」
「해는 눈처럼」
「〈아담〉의 노래」
「남대문」
「하여지향 2」
「하여지향 12」
「해인연가 1」
「해인연가 2」
「해인연가 3」
「해인연가 6」
「해인연가 7」
「해인연가 9」
「해인연가 10」
「삼선교三仙橋」
「소요사消遙詞」

「잿빛 하늘에」
「미소」
「현대시학」
「사월혁명 행진가」
—이상 시집 『하여지향』 수록.

1962년 「알림 어림 아가씨」, 《사상계》, 11.

1963년 「별 너머 향수」, 《신사조》, 10.
「영자의 안목」, 《사상계》, 10.

1964년 「포옹무한」, 《문학춘추》, 6.
「찬가」, 《사상계》, 6.
「빛」, 《신동아》, 6.

1965년 「또 제이창세기」, 《사상계》, 8.

1968년 「신방비곡」, 《신동아》, 4.
「지리산 찬가」, 《현대문학》, 4.
「지리산 이야기」, 《사상계》, 7.

1969년 「나무는 즐겁다」, 《신동아》, 10.
「제주 섬이 꿈꾼다」, 《월간문학》, 10.

1970년 「나를 주면……」, 《월간중앙》, 3.
「지리산 메아리」, 《월간문학》, 4.
「바다」, 《문학과지성》, 8.
「안개」, 《문학과지성》, 8.

1971년 「야우」, 《월간중앙》, 3.
「나체송」, 《월간문학》, 5.
「아악」, 《문학과지성》, 5.
「개울」, 《문화비평》, 10.
「첫날 바다」, 《문화비평》, 10.
「수선의 욕망」, 《문화비평》, 10.
「육화잉태」
「〈랑데부〉」
「사랑으로……」

「좌우명초座右銘抄」
「그대는 내 가슴을……」
「우주시대 중도찬中道讚」
「이모저모가……」
「내가 다닌 봉래산」
「석류」
「비와 매미」
「단풍」
「바람과 나무」
「산이 있는 곳에서」
「용 꿈」
「설악산 백담사」
「암무지개 아가씨」
「희방폭포」
「자유」
「달을 디딘다」
「백설의 전설」
「개의 이유」
「말」
「아아 소나기……」
「너는……」
「비 오는 오대산」
「월정가」
—이상 시집 『월정가』 수록.

1972년 「까치」, 《지성》, 2.
「서녘으로 지는 해는」, 《지성》, 2.

1973년 「여의주」, 《박물관지》, 1.

1974년 「염화가染畵家의 노래」, 《한국문학》, 3.
「봄」, 《한국문학》, 7.
「싫지 않은 마을」, 《현대문학》, 8.

1978년 「내 몸은」, 《세계의 문학》, 11.
「똑똑한 사람은」, 《세계의 문학》, 11.
「만대萬代의 문학」, 《세계의 문학》, 11.
「뿌리와 골반」, 《세계의 문학》, 11.
「아아 처음으로 마지막으로」, 《세계의 문학》, 11.

1979년 「말은 조물주」, 《문학과지성》, 2.
「말과 몸」, 《문학과지성》, 2.
「말과 사물」, 《문학과지성》, 2.
「내 마음에……」, 《문학과지성》, 2.
「장자의 시학」, 《문학과지성》, 2.

1980년 「왕과 조물자」, 《현대문학》, 3.
「사랑의 물리」, 《현대문학》, 3.
「사물과 사랑」, 《현대문학》, 3.

1981년 「천지는 만물을……」
「폭포」
「계수나무는 이미 섶나무……」」
「폭포의 조화」
「모세관 속을……」
「누가 태양을」
「절현산조곡」
「산골 물가에서」
「이태백의 시학」
「도의 생리학」
「내 뱃속은……」
「개는 실눈, 사람은 마음 올올이」
「폭포수가 하는 말씨」
「용龍이다…… 지네다……」
「사물의 언해」
「말도 안 되는 말이지만……」
「딱따구리처럼……」

「첫물 오이는……」
「홀사람 짝사랑」
「반시 1」
「천도와 지옥을 위한 연가송煙價頌」
「소요유逍遙遊」
「액땜하는 낭떠러지」
—이상 유고시집 『시신詩神의 주소』 수록.

1982년 「말과 생각」, 《월간조선》, 7.
「활에……」, 《월간조선》, 7.
「알밤 왕밤노래」, 《월간조선》, 7.
「가을은 새댁이 낳은 아들처럼」, 《월간조선》, 7.

■ 시집

『유혹』, 사상계사, 1954.
『하여지향』, 일조각, 1961.
『월정가』, 일조각, 1971.
『나무는 즐겁다』(시선집), 민음사, 1978.
『시신詩神의 주소』(유고시집), 일조각, 1981.

■ 평론서

『시학평전』, 일조각, 1963.
『문학평전』, 일조각, 1969.
『「님의 침묵」 전편 해설』, 과학사, 1974.
『문물의 타작』, 문학과지성사, 1978.

■ 번역서

마아커스 칸릿후, 『미국문학사』, 을유문화사, 1956.
프레드릭 루이스 아렌, 『대전환기』, 을유문화사, 1958.
피어시 라복크, 『소설기술법』, 일조각, 1960.

■ 논문

「동서 사물관의 비교」, 《한국문화연구》, 1970.

「이황 자필 교정본」, 《역사학보》, 1970.

「동서생명관의 비교」, 《성곡논총》, 1971.

| 연구 목록 |

■ 단행본

김학동 외, 『송욱 연구』, 역락, 2000.
박종석, 『송욱 문학 연구』, 좋은날, 2000.
———, 『송욱의 삶과 문학』, 한국학술정보, 2009.
———, 『송욱의 실험시와 주체적 시학』, 한국학술정보, 2008.
———, 『송욱 평전』, 좋은날, 2000.
이승하 외, 『송욱』, 새미, 2001.

■ 학위논문

권순섭, 「한국 현대시의 전통성 연구—김립金笠과 송욱의 시에 나타난 골계를 중심으로」, 공주대학 석학학위논문, 1990.
김은영, 「1950년대 시의 유형과 특성에 관한 연구」, 아주대학교 석사학위논문, 1994.
박숙희, 「송욱 시 연구」, 경희대학교 석사학위논문, 1999.
박종석, 「송욱 문학연구」, 동아대학교 박사학위논문, 1998.
신진숙, 「송욱 문학의 근대성과 시적 주체의 변모 양상 연구」, 경희대학교 박사학위논문, 2005.
———, 「전후시의 풍자 연구—송욱과 전영경의 시를 중심으로」, 경희대학교 석사학위논문, 1994.
유병관, 「한국 현대시의 풍자성 연구」, 성균관대학교 박사학위논문, 1997
이　선, 「송욱의 비평정신과 실제비평」, 충북대학교 석사학위논문, 2002.
이순욱, 「1950년대 한국 풍자시 연구—송욱, 전영경, 민재식을 중심으로」, 인하대학교 석사학위논문, 1995.
이승하, 「한국 현대시에 나타난 풍자성 연구—송욱 · 전영경 · 신동문 · 김지하를 중심으로」, 중앙대학교 박사학위논문, 1995.
장재건, 「1950년대 전후시의 내면의식 연구」, 건국대학교 교육대학원 석사학위논문, 1997정문선, 「한국 모더니즘 시 화자의 시각체제 연구」, 서강대학교 박사학위논문, 1997.
전미정, 「한국현대시의 에로티시즘 연구—서정주, 오장환, 송욱, 전봉건의 시를 중심으로」, 서강대학교 박사학위논문, 1998.
조미영, 「송욱 시 연구」, 서울대학교 석사학위논문, 1994.
진순애, 「송욱 시의 은유 연구」, 성균관대학교 석사학위논문, 1993.
천세웅, 「송욱 시 연구—허무의식의 극복과정을 중심으로」, 명지대학교 교육대학원, 석사학위논문, 1998.
최도식, 「한국 현대 연작시 연구」, 서강대학교 박사학위논문, 2009.
최진송, 「1950년대 전후 한국 현대시의 전개 양상」, 동아대학교 대학원 박사학위논문, 1994.
한원균, 「송욱 문학 연구」, 경희대학교 석사학위논문, 1992.
홍부용, 「송욱 시 연구」, 동국대학교 석사학위논문, 1999.

■ 일반 논문 및 평론

구중서, 「장미」, 《월간문학》, 1970. 6.
김 현, 「말과 우주—송욱의 상상적 세계」, 《세계의 문학》 봄호 , 1978.
김수영, 「현대성에의 도피」, 『김수영 전집 2』, 민음사, 1981.
김요안, 「송욱 시의 자아 연구—「하여지향」을 중심으로」, 《한양어문》, 한국언어문화학회, 1998.
김유종, 「사상의 창조와 실험 정신—송욱의 시론」, 《현대문학》, 1991. 7.
김윤식 · 김현, 「제3절 진실과 그것의 연구로서의 언어—⑤송욱」, 『한국문학사』, 민음사, 1973.
김재홍, 「대지적 사랑과 우주적 조응」, 《현대문학》, 1975. 5.
김춘수, 「전후 15년의 한국시」, 『한국 전후 문제 시집』, 신구문화사. 1961. 김종길, 「아카데미시즘과 나르씨시즘—송욱 著 『시학평전』을 두고」, 《사상계》, 1963.9.
김춘수, 「형태 의식과 생명긍정 및 우주 감각」, 《세계의 문학》 봄호, 1977.
김한식, 「송욱의 시와 시론연구」, 《상허학보》 12호, 상허학회, 2004.
문혜원, 「보들레르의 영향을 중심으로 한 송욱의 시론 연구」, 《한중인문학연구》 20호, 한중인문학회, 2007.

박두진, 「무극설—송욱」, 『한국 현대 시인론』, 일조각, 1970.
박몽구, 「송욱 시와 상징의 언어」, 《어문연구》 46호, 어문연구학회, 2004.
박현수, 「근대시 연구의 새 지평: 전통주의적 연구를 중심으로」, 《현대문학이론연구》 33호, 현대문학이론학회, 2008.
서정주, 「시의 체험」, 《문학춘추》, 1964.6.
신진숙, 「송욱의 초기 시에 나타난 정신과 육체의 의미 고찰」, 《한국시학연구》 10호, 한국시학회, 2004
오규원, 「시적 변용과 그 의미—송욱과 고은의 경우」, 《문학과 지성》, 1972. 3.
오형엽, 「송욱 비평 연구」, 《한국문학논총》 31호, 한국문학회, 2002.
유종호, 「비순수의 선언」, 《사상계》, 1960. 3.
———, 「인상—8월의 시」, 《사상계》, 1958. 9.
이동하, 「1970년대의 비평」, 『혼돈 속의 항해』, 청사, 1990.
이병헌, 「지식인의 가락—송욱 시집 「하여지향」」, 《현대시학》, 1992. 12.
이상섭, 「부끄러운 한국문학과 경이로운 동양사상」, 《문학과 지성》 겨울호, 1978.
이성모, 「말놀이의 시적 체험과 그 틀—송욱론의 「하여지향」을 중심으로」, 《경남어문논집》 5호, 경남대 국어국문학과, 1992. 12.
이숭원, 「송욱론—비평 정신의 고양과 방법의 모색」, 『한국 현대 비평가 연구』, 강, 1996.
이승하, 「풍자—자기 비하의 아이러니—송욱론」, 《문예 2000》, 1997. 1.
이어령, 「1957년 시 총평」, 《사상계》, 1957. 12.
이　찬, 「송욱 시론 연구」, 《어문논집》 51호, 민족어문학회, 2005.
이해녕, 「우주의 질서와 생명의 리듬」, 《현대시학》, 1974. 10.
전봉건, 「속 시와 에로스」, 《현대시학》, 1973. 10.
전영태, 「비판적 지성과 풍자적 시」, 『한국대표시 평설』, 문학세계사, 1983.
정정호, 「송욱의 문학연구와 비교방법론 재고」, 《비평문학》 34호, 한국비평문학회, 2009.
정종진, 「한국 현대시와 성의 표현」, 『한국 현대 문학의 성 묘사 전략』, 우리문학사, 1990.
정한모 · 김용직, 「송욱」, 『한국 현대시 요람』, 박영사, 1974.
정현종, 「감각의 깊이 관능 그리고 순진성—송욱 저 『월정가』」, 《지성》, 1971. 12.

——, 「말과 자유 연상의 세계—송욱 유고시집 『시신의 주소』에서」, 《월간조선》, 1981. 6.
정효구, 「송욱 시에 나타난 자연과 생명」, 《어문연구》 63호, 어문연구학회, 2010.
조동구, 「충자와 언어 실험—송욱의 50년대 시를 중심으로」, 『1950년대 남북한 시인 연구』, 국학자료원, 1996.
조영복, 「송욱 연작시의 사변성과 실험성」, 《동서문학》 가을호, 2004.
조영복, 「송욱 연작시의 성격과 '말'의 탐구」, 《한국시학연구》 1호, 1998.
진순애, 「1950년대 두 개의 모더니즘 비교 연구: 조향과 송욱을 중심으로」, 《한국문예비평연구》 21호, 한국문예비평학회, 2006.
진순애, 「송욱 시론의 비교문학적 연구」, 『한국 현대시의 정체성』, 국학자료원, 2001.
채규판, 「김춘수, 문덕수, 송욱의 실험정신」, 『한국 현대 비교 시인론』, 탐구당, 1989.
한계전, 「사변적 문체와 사상 탐구의 형식—송욱론」, 『한국 현대시인 연구』, 민음사, 1989.
한원균, 「비평적 자의식과 역사적 의미」, 『비평의 거울』, 청동거울, 2002.
홍기창, 「송욱의 자연과 인간」, 《문학과 지성》 여름호, 1973.
황정산, 「새로운 시어의 운용과 비순수의 추구—송욱의 「하여지향」」, 『1950년대의 시인들』, 나남, 1994.

한국문학의 재발견-작고문인선집

송욱 시 선집

지은이 | 송욱
엮은이 | 정영진
기　획 | 한국문화예술위원회
펴낸이 | 양숙진

초판 1쇄 펴낸 날 | 2013년 4월 10일

펴낸곳 | ㈜현대문학
등록번호 | 제1-452호
주소 | 137-905 서울시 서초구 잠원동 41-10
전화 | 2017-0280
팩스 | 516-5433
홈페이지 www.hdmh.co.kr

ISBN 978-89-7275-645-3 04810
ISBN 978-89-7275-513-5 (세트)